19열차

19열차

홍숙희 장편소설

도서출판 북인

Contents

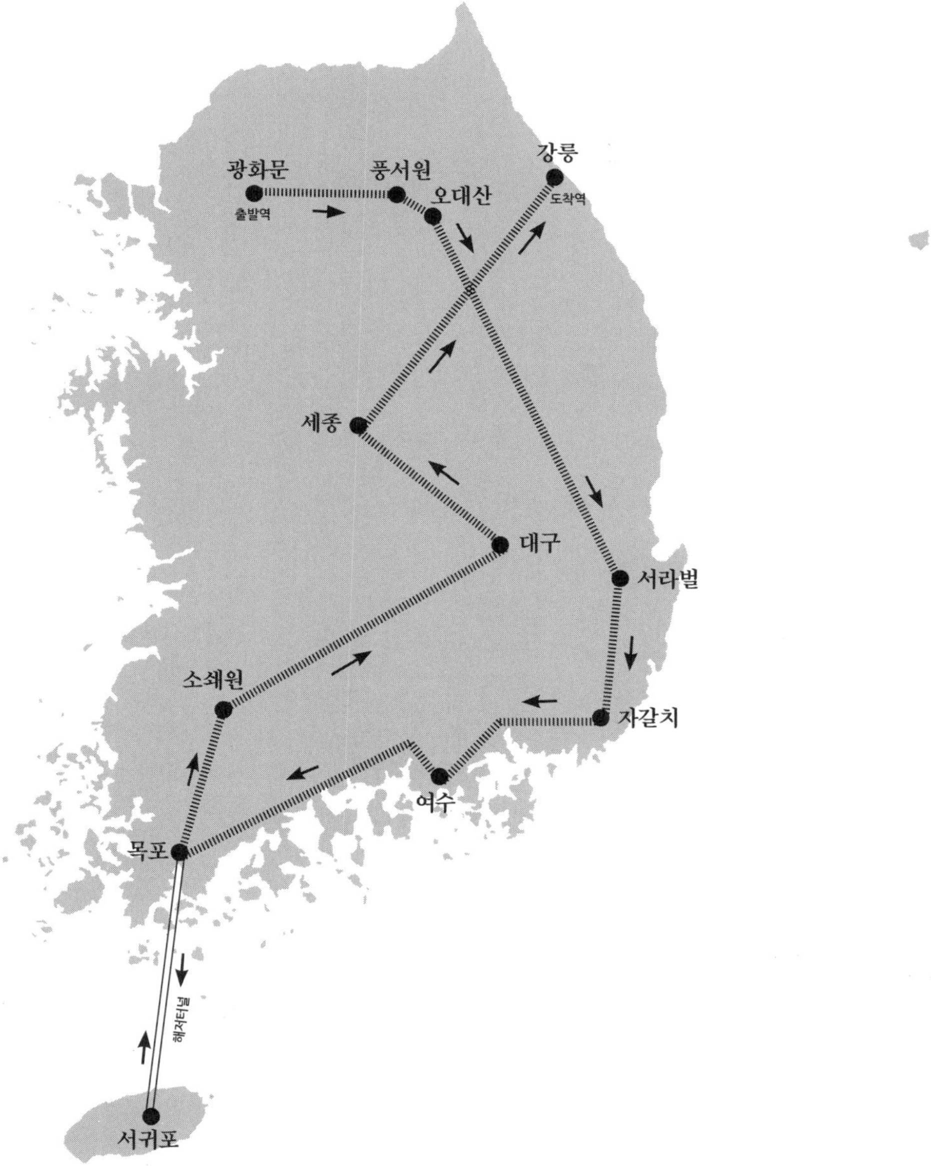
광화문
출발역
풍서원
오대산
강릉
도착역
세종
대구
서라벌
소쇄원
자갈치
여수
목포
해저터널
서귀포

19열차

제1장 광화문역
풍경

서울은 계획된 도시로….

해가 뜨는 동쪽 인왕산 흰 바람벽에 묵향으로 그려놓은 산수화 한 점이 있다. 뒤로는 일제강점기 때 독립운동가들이 옥고를 치른 서대문형무소가 그 앞쪽에 경복궁이 자리하고 있다. 그곳 경복궁에서 바라보면 북악산 기슭에 파란 기와지붕의 우리나라 대통령 관저가 보인다. 동쪽에는 아직도 조국을 향한 사랑의 불꽃이 활활 타오르는 현충원 국립묘지와 전쟁기념관이 있다. 전쟁기념관에는 한국 현대사의 큰 아픔으로 기억되는 6·25전쟁을 한국인이라면 누구나 기억해야 할 역사가 남긴 교훈이 담겨 있는 곳이다.

남쪽에는 돔 모양의 국회의사당이 그 뒤로 대법원과 국회도서관이 보인다. 국회의사당에서 무려 3㎞ 거리에 세종대왕과 이순신기념관이 있고 그 사이에는 개인적인 건물은 눈에 띄지 않는다. 역 광장 정중앙에서 앞을 바라보면 저 멀리 현대미술관, 항공박물관, 갤러리

등 멋진 곳이 한눈에 들어온다.

하지만 세상은 당혹스럽게도 일찍이 경험하지 못한 심각한 사태로 치닫고 있다.

하늘 축이 어긋나면서 저주의 굉음소리가 높다. 이 시대 '노아의 방주'도 아니고 더 높이 도달하려는 인간의 열망, 아이콘으로 세련된 세계인의 도시 모든 건물들이 순식간에 황토 빛으로 멀리 달아난다.

광화문역 광장에는 벤치 두 개가 나란히 놓여 있게 된다.

그때 어디선가 흙먼지를 일으키며 전차가 전속력으로 거침없이 달려오는 게 보인다. 전차를 끄는 젊고 혈기에 넘치는 두 마리의 말 머리에는 끝부분이 푸르고 붉은 깃털장식이 씌워져 있다. 등에는 빨강, 파랑, 초록의 화사한 면포가 둘러져 있다. 전차를 끄는 노인은 자신의 허리춤에 고삐를 묶고 오른손에 '계시'의 홀을 지니고 있다. 전차가 서서히 광화문역 광장 앞에 멈추자, 군장으로 무장한 보초병들이 이집트시대『사자의 서』를 머리 위로 받쳐들고 등장한다. 그 뒤를 사람들이 따른다. 다소 위엄이 풍기는 멋진 장면들이 연출되고 있다.

노인보다 먼저 도착한 '빅토르 위고 위령'은 그 풍경을 멍하니 바라본다.

지금은 고도화된 시대로 인생은 살아볼 만하다고 사랑은 영원하다고, 신은 자비로울 거라고 믿는 사람들이 있다. 그들에게 잔혹한 현실은 불쌍하고 비참한 사람들을 덮쳤다. 그의 소설『레미제라블』(불쌍한 사람들)에 등장하는 하층민들처럼 코로나19 역병이 가난한 국민이 대다수인 인도를 초토화시켰다. 인도네시아 노동자들은 나라 밖에서 줄지어 죽어나가고 있다. 아마존을 덮친 거대한 재앙은 브라질 국민들을 시멘트 관으로 매장했다. 세상이 생의 줄타기를 아슬아슬하게 이어가고 있기에 하느님께서 저승사자인 그에게 지상 명령을 내렸던 것이다.

그는 하늘의 명령에 따라 '태양의 돛단배'를 띄우고는 은하수를 따라 항해하다 지상에 사뿐히 걸터앉았다.

'빅토르 위고 위령'은 노인을 맞이하면서 자세를 고쳐 허리를 숙여 반긴다.

"어디 있었나?"

노인이 먼저 인사말을 건넨다.

"저승수문을 지키고 있었습니다. 앉으시죠."

'빅토르 위고 위령'이 자리를 권한다.

"그 먼 길을 오느라 수고가 많았네. 자네 혹 누굴 기다리나?"

"아 예. 19열차를요."

"너무 늦지 않았으면 좋겠군."

"아직은 대낮인 걸요."

"혹 자네 광화문이 세계 중심이라는 이야기를 들어보았나?"

"아니? 그리스 델포이가 아니고… 지구의 배꼽이, 경복궁을 오가는 사람들을 지키는 수문장 덕분인가요?"

"글쎄. 여권도 필요할까? 비자는?"

"여기선 모두 신 개념으로 통하니까. 필요하지 않을 거예요."

"자네, 내게 여권이 있다는 거쯤은 알고 있겠지?"

"아하! 잘 알고 있습니다. 특별히 제작되었잖아요. 미라 보존 상태가 나빠져 프랑스 루브르박물관으로 잠시 이동한 적이 있었잖습니까? 그때 대단했었죠?"

"대통령 전용 비행기를 타보긴 처음이었지."

"프랑스 정부는 국가 원수에 대한 예를 갖추기 위해 의장대를 동원하여 파리 공항에서 영접했잖습니까? 당시 국제법의 한계에 부닥쳤고 부랴부랴 이집트 정부가 노인의 여권까지 만들게 되었으니까. 그 영향력은 저승에서도 깜짝 놀랐죠."

"허허! 정보 한번 빠르군."

노인이 다소 부끄러워하며 자리를 털고 일어서자, 순식간에 황량한 벌판에 놓여 있던 두 개의 벤치가 봄 아지랑이 속으로 사라진다. 그날 사람들은 알 수 없는 동요에 의해 흙바닥에 뽀얀 먼지를 일으키며 광화문역 광장으로 모여들고 있었다.

이 좋은 봄날에 다영이도 예외가 아니다.

황량한 벌판 같은 곳에서 한 무리의 사람들이 이야기를 나누는 것을 목격한다. 주변 역사에는 그 옛날 증기기관차들이 줄줄이 서 있다. 하얀 설원을 배경으로 달리던 증기기관차가 귀가 찢어질 듯 경적을 울리는 풍경이 되살아났다. 하얀 증기를 뿜으며 어둠을 헤치며 달리던 그 옛날 시베리아 영화 장면이 지나갔다. 이상한 일은 한두 가지가 아니다. 역 구내는 검은 사각모자를 쓴 역사를 점검하는 역무원들이 오고가고 사람들은 활동사진처럼 느리게 움직였다. 그때 청바지를 입은 한 젊은이가 이 상황을 의아해하며 역무원을 불러 세웠다.

"왜 19열차를 '죽음의 열차'라고 부르죠?"
"글쎄요."
"절벽 낭떠러지 구간을 지나는 것도 아니고…."
"아마도 역사를 거슬러올라가야 할 거요."
역무원은 깊은 상념에 잠긴 듯 천천히 말을 이었다.
"어쩌면 19세기 '빅토르 위고' 시대까지도 가능할걸요."
"네?"
"이 열차는 지난 날 14세기 흑사병 환자들을 실어날랐거든요."
"뭐요?"
"그뿐이겠어요. 범세계적으로 번진 중국 우한 발, 멸망의 구덩이에서 시작한 코로나19 확진자들의 시신까지도?"
젊은이는 너무나 황당한 나머지 말을 잇지 못했다. 멍한 채 신열에 시달리면서 온몸이 오돌오돌 떨려 견딜 수가 없었다. 그 가운데서도 젊은 혈기로 버티고 있다. 그러다가 화를 내며 따지듯 말했다.
"그래도 그렇지, 구석구석 칸칸이 철저히 소독을 했을 거 아니요."
"글쎄요."
역무원은 아리송한 말만 계속했다.
"원 이래서야 어디? 당신 말을 제대로 알아듣기나 하겠소."
"그 이후로 서로에게 갚아줄 게 있었던 신 개념의 종교인 수백 명과 수십만 명에 이르는 확진자를 제외하고는 더는 사망자가 발생하지 않았죠."
그곳에 모인 사람들은 그날 열차에 서로에게 갚아줄 것이 있는 사람들이 타지 않기를 간절히 바라야 했다. 세상은 호흡기를 통한 코로나19 바이러스 미세입자를 차단할 수 있는 국가가 정한 마스크를 쓴 자들로 가득했다. 가난한 나라사람들은 그것마저도 없어 방한용 마스크를 대신했다.

강한 전염성 때문에 지옥을 맛보았다는 확진자들의 수가 순식간에 늘어나고 있다. 역대 최고급이었다고. 오래 전에 자신들의 몸 에너지는 다 빠져나가버렸다고 한다. 장기도 뼛속까지 고통스러웠다고. 사람들은 전혀 이해하지 못하고 있다고….

살아난 자들은 계속 말하고 싶어했다.

다영이의 의식은 자신이 소속된 강릉 초당성당, 폐쇄된 기도실을 찾고 있었다. 예수의 십자가상 아래 무릎을 꿇고 양손을 모은 채 올리는 사제들의 간절한 기도소리가 영적 떨림으로 다가왔기 때문이다. 여린 촛불이 가져다줄 어둠 속 빛을 끝없이 소망하고 있다.

— 행복하여라, 슬퍼하는 사람들!

그들은 위로를 받을 것이다. 주님의 말씀입니다.

사제의 영과 함께 두 줄기 눈물이 양 볼을 타고 소리 없이 흘러내렸다. 끔직했다. 그녀의 사사로운 일상이 모두 멈춰버린 상태에서 내면의 열정이 모두 빠져나가고 있다. 감정 또한 죽어버렸다. 딱딱한 돌이 되어가고 있음을 그녀는 부인할 수가 없다. 매번 열에 들뜬 그녀는 희뿌연 안개 속에 갇혀 광화문역에서 출발하는 19열차 탑승을 기다리는 형국이다.

"당신은 코로나19 확진자요."

이크! 올 것이 왔다는, 그렇게도 피하고 싶었던 것이 결국 그녀에게로….

군중 속에서의 고독이랄까? 비가 뿌리고 빗물에 젖은 하얀 성모마리아상 발 아래 엎디어 오열을 하고 있는 자신을 불쌍하게 바라보았다. 홀로 죽어가고 있는 자신의 육체를 맥놓고 바라본다는 것은 참으로 암담하고 비참했다. 그래서 한 폭의 슬픈 풍경화로도 그려졌다.

그녀는 믿음과 갈증으로 목이 메웠다.

광화문역 광장, 한편에서는 19열차의 탑승을 기다리는 다국적 국민이 다수 있었다. 덴마크에서 한국으로 떠나온 자유영혼의 확진자 청년은 갑자기 쏟아지는 햇살로 인해 어지럼증을 호소했다. 그러다가 그만 환상 속으로 퐁당 빠져들고 만다. 안데르센 동상이 있는 코펜하겐 시청사가 눈앞에 딱 버티고 있다. 그는 겨울밤 추운 거리를 뛰어다니며 성냥을 팔고 있는 소년으로 비쳤다.

"성냥 사세요?"

"성냥 사세요?"

성냥을 다 팔기 전에는 집으로 돌아갈 수 없는 어려운 처지에 있는 소년이 소리치고 있다. 그는 소년시절부터 가슴속의 불씨가 불기둥으로 솟구치는 것을 포기할 수 없었다. 청년이 되어 배낭여행으로 불기둥이 솟구치는 세계 곳곳을 돌아다녔다. 집시로, 유랑민으로, 바이킹의 후예로 삶의 진실을 길 위에서 느끼고 싶어서였다. 지난 달 네팔을 거쳐 한국으로 떠나온 비행기 속에서 그만 지옥으로 통하는 잔인한 현실과 마주치고 말았다. 그는 무서운 성찰 앞에 추위를 견디지 못하고 부르르 떨며 첫 번째 성냥개비를 꺼냈다. 그러자 작은 불꽃이 피어났고 두 번째, 세 번째, 네 번째 성냥개비를 긋자 작은 불꽃들이 무수히 많은 검은 하늘로 올라가 불꽃놀이를 연상시켰다. 그때 바라본 하늘은 연민으로 붉게 물들었고 슬픔이 와르르 밀려왔다. 고국에 두고 온 그리운 가족과 친구들의 얼굴이 별 하나에 별 둘에 그려졌기 때문이다.

"이크! 어디서 온 위인인가?"

슬픔이 가득한 그가 비로소 크게 눈을 뜨고는 현실로 돌아왔다. 방금 소리가 난 곳을 살펴보니, 텁수염에 투구를 쓰고 갑옷을 입은 우스꽝스러운 표정의 남자가 자신을 뚫어지게 내려다보고 있다.

"누구시죠?"

어떨결에 그는 위 석상을 보며 한마디 던졌다.

"나로 말할 것 같으면…, 그런데 자네는 누군가?"

"저는 북유럽에서 왔습니다만…"

아무렇게나 빗은 긴 머리카락에 찢어진 청바지를 입은 그를 보며 의아해했다.

"그 옷차림은 또 뭔가?"

"저는 히피족인걸요."

경복궁을 지키고 있던 충무공이 오른손에 큰 칼을 차고 위풍당당하게 광장에 모인 사람들을 유심히 내려다보니, 그 풍경은 일찍이 본 적이 없는 몹시도 아이니컬했다.

"히. 피. 족, 하하! 그래?"

충무공은 헛웃음을 터뜨렸다. 뿐 아니라 몸짓에 비해 큰 배낭을 메고 있는 동남아시아인들도 하나하나 세심히 지켜보고 있는 중이었다. 무리 중에는 아버지를 따라나선 청년 부자도, 어머니와 동행한 한국인 모녀도, 두 눈이 푸른 눈동자의 아름다운 아가씨도 있었었다. 시야를 좀 더 넓히자 시간을 다투며 환자들을 싣고 달리는 중환자실로 불리는 앰뷸런스도 수십 대가 있었었다. 완전무장한 레벨D 방호복으로 착용한 의료진들의 불길한 분위기까지도 간파할 수 있었었다. 그 불길 속으로 광채가 빛나는 칼날이 부딪치는 황홀한 반란을 지켜보아야 했다. 이를 두고 누구는 전쟁이, 지옥이 따로 존재하지 않는다고 했다. 세상은 분노의 광풍이 휘몰아치고 있었었다.

'게다가 이 무슨 가족 단위야? 코로나19 바이러스가 가장 사랑하는 가족에게로 가장 치명적인 전염성으로 옮긴다. 다국적 국민들까지도 가리지 않고 이 모두가 내 나라 내 백성들일진대?'

가눌 길 없는 슬픈 표정으로 충무공은 묵묵히 그들을 지켜보았다. 지난 날 거북선을 앞세우고 승리의 북소리를 둥! 둥! 울리던 명량대첩을 떠올렸다. 조선 수군 13척이 명량에서 일본 수군 133여 척을 격퇴하던 그곳의 큰 바다가 '우우우~' 파도치며 크게 우짖고 있었었다. 또 어떤 이들은 못다한 이야기를 나누고 싶어했다.

"댁은 어떻게? 예까지?"

"고국에서 초청강의를 받고 스페인 바르셀로나에서 미국을 거쳐 고향을 찾다가… 그만…."

"운이 좋지 않았군요."

지금 이 시각, 세계 각국에서 벌이지고 있는 일련의 사건들은 크게 다르지 않다. 지구촌 사람들이 겪는 혼돈은 모두가 같아 보였다. 광화문 광장 충무공 곁에는 세종대왕이 오른팔을 벌리고 옥좌에 앉아 계셨다. 그의 왼손에는『훈민정음 해례본』이 들려 있다. 가난한 백성들을 어여삐 여겨 한글을 창제했다. 그는 근심스러운 표정으로 옥좌에서 일어나 서울 오케스트라단을 이끌고 광장으로 내려왔다.

— 두려워 마라.

네 생각이 고결하고 네 육신과 정신이 숭엄하고 감동이 깃들면 네 길을 가로막지 못하리라.

그것은 마치 극한의 악기 첼로의 음으로, 오케스트라가 연주하고 있는 착각을 불러일으켰다. 활이 현을 훑으면서 연주할 때마다 실로 묵직한 음이 슬픔과 고독의 위로가 되었고, 따뜻한 음색은 사람들의 마음을 편안하게 보듬고 있었다.

향기롭다.

사랑이 이렇게 아름답다는 것을 처음 알았다.

불쌍하고 비참한 사람들에게는 소리가 난다.
통증의 소리가
우주 공간을 떠다니는
고독감에 몸서리치는 소리가

행복하여라, 슬퍼하는 사람들….

당시 세계인들은 하늘의 축이 어긋나면서 천지개벽이 다가오고 있음을 전혀 감지하지 못했다. 다영이는 중국에서 진시황릉 병마용갱 답사를 마치고 2020년 2월에 국내에 발을 딛는 순간, 코로나19 확진자로 구분되었다. 슬프고도 기가 막힌 일들이 그녀에게로 순식간에 일어났다.

처음 중국 우환을 거쳐 신천지 교인들을 휩쓸고 간 불길이, 다음 달에는 유럽 이탈리아로 발길을 옮겨갔다. 아메리카 대륙을 거쳐 지금은 중남미 열대우림지역 아마존까지 확진자의 수는 빠른 속도로 세계적으로 확산되었다. 무서운 속도전이었다. 극도의 불안이 세계 도처에 도사리게 되었다. 하늘길로 통하는 세계 주요 공항의 문은 모두 빗장을 걸어잠갔다. 대도시를 활보하던 왁자지껄한 사람들도, 도로를 질주하던 차들마저도 도로변 주차장에 서버리고 말았다.

마치 죽은 자의 도시처럼 사람들의 마음에는 웃음이 사라졌다. 모든 시간은 멈춰버린 벽시계의 장식품처럼 정지돼버렸다. 사람들은 죽음이 영원히 남의 일일 수만은 없다는 사실을 깨닫게 되었다. 너무나 쉽게 바이러스에 쓰러질 수 있는 아주 보잘것없는 존재라는 사실을 숨길 수가 없게 되었다.

그때 남도민요 홍타령 판소리가 구슬프게 들려왔다.

부질없다. 부질없다.
깨려는 꿈. 꿈을 꾸어서 무엇을 헐려나.
창밖에 국화를 심고 국화 밑에 술을 빚어놓으니.
술 익자 국화 피자. 벗님 오자 달이 돋네.

아희야. 거문고 칭 쳐라. 밤새도록 놀아보리라.
꿈이로다. 꿈이로다. 모두가 다 꿈이로다.
너도 나도 죽어가는 인생! 부질없다.
아이고 데고~ 음~ 성화가 낫네.

다영이는 귀국 후 서울 오피스텔에 머물고 있었다. 그날 친구로부터 한밤중에 전화 한 통이 걸려왔다.

"너와 중국 시안에서 함께 생활하던 난희가 코로나19 확진 판정을 받았어."

"뭐라고? 난희가?"

"너도 질병관리본부 콜센터로 전화해서 검사를 요청받아야 할 거야."

친구가 전화로 알리기 전에 증상이 나타난 건 새벽 2시쯤이었다.

열이 38도로 고열에 시달렸다. 오한이 심해 잠에서 깬 그녀는 통 잠을 이룰 수가 없었다. 감기몸살과 비슷했지만 코로나19라는 확신이 들었다. 왜냐면 그녀가 알고 있던 일반적인 감기몸살과는 너무 달랐기 때문이다. 가장 큰 특징은 증상이 매우 변덕스럽다는 점이었다. 오한과 열감이 있다가 오한 증상이 완화되니까, 둘째 날부터는 갑자기 두통이 오는 식이었다. 두통도 오전에 좋아졌다가 2시간 만에 다시 극심해졌다가. 두통이 좀 잦아드니 넷째 날부터는 설사 증상이 나타났다. 증상만큼이나 힘든 건 극도의 불안감과 우울함이었다. 존재적 의기소침까지도 왔다.

결국 검사요청을 받고, 제발! 제발! 하면서도…. 보건소로부터 양성 결과를 받고 자가격리 조치를 받았다. 고고학을 연구하는 일행과 '진시황릉 병마용갱' 답사를 끝내고 귀국할 때는 코로나19 증상이 없었다. 그녀로서는 기가 막힐 노릇이었다. 그날 체온 측정만 하고 공항 검역을 통과했다. 일행 중 그녀를 포함한 2명만이 자유영혼의 확진 판정을 받았다고 한다.

'하필 나야? 왜?'

하늘에 대고 따지고 싶은 마음뿐이었다. 이후로는 고통의 연속이었다. 강릉에 있는 부모님께는 연락을 할 수가 없었다.

한밤중에 문자를 받았다.

— 당신에게는 세 사람의 주치의가 배당되었습니다.

'뭐야. 이건? 당신! 미쳤소.'

하늘에 대고 욕설이 오고갔다. 지금은 네온의 불빛이 반짝이는 '광화문역' 음압병동이 있는 '19열차'에 이송되기를 시간이 빠르게 지나가기를 기다리고 있다. 아픔의 고통이 서서히 멈추기를 수도 없이 엎디어 기도한다. 언제부턴가 두려움에 떨고 있을 때면 들려오는 환청이 있다. 누가 누구를 위한 기도가 통해서일까마는 용기를 북돋우고 있다. 그녀의 정신세계가 블랙홀로 빠져들어가자 적막과 함께 묵직한 발걸음소리가 들렸다.

"뚜벅! 뚜벅…."

흑암의 세상 속에서 불청객이 다가옴을 그녀는 단번에 직감했다. 누더기를 걸친 자가 커다란 서책을 머리 위로 높이 받쳐든 자를 앞세우고 그녀를 향해 당차게 걸어오고 있다. 유심히 살피자 어디서 본 적이 있는 낯익은 얼굴이다.

불길한 생각에 얄궂은 눈빛을 피해 고개를 휙 돌리자 선생이 학생에게 말하듯 가까이 다가와서는 노인이 질문 세례를 퍼부었다.

"자네 문자를 받았나? 내가 그 첫 번째 주치의야."

고개를 끄덕이자 바로 말문을 트고 들어왔다.

"『사자의 서』를 아는가?"

"무슨 말씀을요…."

"내가 기원전 고대 이집트에서 왔다고 하면 믿겠나?"

도대체 누구지? 흠칫 놀라면서도 마음과는 달리 마음대로 되지를 않았다. 두려움에 떨고 있는 그녀를 보고 그는 재미있다는 듯이 싱긋 웃기까지 했다.

“나를 두고 사람들이 ‘태양의 신 파라오’라고 한다네.”

“당신을?”

고고학을 연구하는 대학원생 신분으로 듣고 있자니 피식 웃음이 나왔다.

“산 사람이 죽음을 이해하려면 먼저 죽음의 안내서 『사자의 서』를 반드시 익혀야 한다는 것을 알려주려고 왔다네?”

“설마요? 설마가 사람 잡는다고…. 안 될 말이죠.”

“자네가 하늘길로 통하는 먼 길을 혼자 가야 하니까? 미리 예습해 두면 좀 좋아.”

“무슨 잠꼬대 같은 소리를, 제발 닥쳐요!”

“고마워해야 할 거야. 내가 직접 자네를 찾아왔으니까? 영광인 줄 알게.”

“말도 안 돼요. 싫다니까요. 싫어요. 아직은….”

“아직도?”

그가 크게 화를 내고는 자신의 앞가슴 고름을 풀고서 저고리를 슬쩍 젖혔다 닫았다. 그러자 놀랍게도 섬광처럼 황금빛이 나타났다가 사라졌다. 순식간에 눈이 부셔 제대로 눈을 뜰 수가 없었다.

“으~악!”

그녀가 외마디 소리를 지르자 그는 자신의 호흡을 가다듬으면서 풀어헤쳤던 윗저고리의 고름을 다시 정돈했다.

“당신은 혹 이집트 람세스 2세인가요?!”

그는 묵언으로 답했다. 이집트의 힘과 위대함의 화신으로 지혜를 만방에 빛냄으로써 조국 이집트를 영광의 결정으로 올려놓은 왕이다.

"자네, 잘 들어두게."

그의 근엄한 목소리는 한결 차분해졌다.

"책의 내용은 형상으로 이루어졌다네. 이집트 피라미드에서 발견된 파피루스와 피라미드 깊숙한 내실의 벽과 관에 새겨놓은 부적과 같은 거라고 보면 쉬워. 반인반수를 나타내는 복잡한 형상으로 만들어졌지만 자세히 보면 퍽도 쉬어."

극도로 긴장이 되어 말 한마디도 대꾸할 수가 없었지만 그녀가 고고학을 배우면서 평상시 사모하던 위대한 고대 이집트 왕이었다. 그런데 극악의 상황에서 마주치고 보니 그에게로부터 달아나고 싶은 마음뿐이다. 하지만 오금이 저려 꼼짝할 수가 없었다. 그에게는 어두운 사람의 감정을 끌어당기는 묘한 마력 때문인지도 모르겠다. 지난 날 이집트 '아부심벨'을 답사했다. 그가 사랑하던 아내 '네페르타리'를 위해 바위산을 깎아내고 불법의 공법으로 자신과 아내의 신전을 지었다. 이같은 사실에 다영이는 큰 충격을 받았었다.

그러나 이렇게 얼굴을 맞대고 마주보고 나니 그 위대함도 별 것이 아니라는 생각에 맥이 풀렸다. 다만 자신이 죄인이 된 느낌을 피할 수가 없었다. '아부심벨' 신전은 왕비라는 신분의 의미보다도 한 여인에 대한 지아비의 지극한 사랑이 엿보였다. 더 인간적인 의미로 크게 다가왔었다. 그러나 지금 노인에게서는 당시 파라오의 위엄 의미보다는 측은지심이라는 연민의 정이 느껴졌다. 옆집 아저씨 같기도 하고 반면 무섭기도 했다.

“쉽게 말하자면『사자의 서』는 죽음의 가이드북이야. 기원전 1550년에서 50년 사이에 만들어진 책이지. 죽은 자들이 내세에 도착하면 당황하지 말라는 뜻이야. 부적의 주문대로 단계별 절차에 따르도록 인도하자는 갸륵한 뜻에서 만들어진 것이니 받아들이게.”

그가 사각 모양의 묵직한 서책을 그의 보초병에게서 받아 그녀에게 불쑥 내밀었다.

“이걸 받게나.”

어떨 결에 서책을 받아들자 그 무게가 상당했다. 조심스럽게 첫 장을 넘기자 숱한 그림들이 열거되어 있었다.

“아하, 글자를 모르는 평민들을 위해 그림으로 표현한 것들이군요.”

“그렇지. 이제 말귀를 제대로 알아듣는군. 윤회와 재생을 의미하는 부분을 ‘숨 쉬게 함의 서’와 일반적인 장례절차를 의미하는 ‘저승 횡단의 서’로 나누어져 있다네. 혹 언제 사용되었는지도 아는가?”

그녀는 고개를 가로저었다.

“윤회와 관련된 ‘숨 쉬게 함의 서’가 만들어진 것은 기원전 1550년경이야.”

“당시 철저히 내세를 믿었기에 가능한 이야기네요.”

“그렇지.”

“그 시대는 중앙집권체제였으니까요.”

"박식하게도…."

"49일 간 걸리는 사후 과정은 우리네 49제와도 상당 부분 유사하던걸요."

"읽어본 모양인데 갸륵한 일이네만…."

그가 갸륵하다는 한마디로 얼버무리자 갑자기 자부심이 주는 불안감이 엄습해왔다.

"자네, 빅토르 위고를 아는가?"

"프랑스의 대문호를 모를 리가 있나요?"

"두 번째 주치의가 바로 그 사람일세. 그 빅토르 위고가 당시 혼령과 대화를 나누었다는 것도 알고 있나?"

"사자와?"

"놀라긴? 지금, 나와 자네라고 보면 아주 쉬운 예지."

'이 위인이 도대체?' 자신을 어디까지 끌고 갈지 몰라, 다시 간이 콩알만해졌다. 겉으로는 틱틱거렸지만, 이마에는 어느새 진땀이 흘러내렸다.

"기다리게. '빅토르 위고 위령'이 밖에 와 있으니까."

순간 '빅토르 위고 위령'이 그녀에게 불쑥 나타나 인사를 건넨다.

"어머나! 어떻게 문을 따고 들어왔어요?"

그녀는 말문이 막혔다.

"문이 있기나 했나? 유령 이야기를 해주려고 왔다네. 대화를 나눈 상대 중에는 역사적인 인물도 많이 있었으니까. 내 이야기를 믿게."

"생시 속 인물까지도요?"

"자네가 원한다면 지금이라도 가능해."

"어떻게요?"

"그건…."

"그러니까 글자로요?"

"응 말로도 시도해봤는데 혼령이 거부했나봐. 외다리 테이블이 움직이는 횟수로 '예, 아니오'를 표시하거나, 한글 '가'부터 '하'까지 각각 '가'는 한번, '하'는 스물여덟 번씩으로다."

"너무 오래 걸리잖아요."

"그래서 해독서가 정말 길어."

"조작일 수도 있잖아요."

"허! 허! 아직도 진실을 받아들일 준비가 되어 있지 않아."

오늘 자신이 대면하고 있는 '파라오'와 '빅토르 위고 위령'은 자신을 망가뜨릴 수도 있겠다 싶다. 반대로 가장 좋은 동반자가 될 수도 있겠다는 엉뚱한 생각들이 꼬리를 물고 일어났다.

"어떻게 그게 가능한 거죠?"

"진지했었거든."

"출판용도 아닌데 왜 그랬겠어요?"

"받아 적는 사람이 모자란 부분을 채우긴 했겠지만…."

"속기 같은 거구나."

"적절한 비유네."

'빅토르 위고 위령'이 그녀의 영을 데리고 어디론가 갔다. 그곳은 시대를 거슬러 빅토르 위고가 말년에 망명생활을 하던 중 머물던 '지나 섬'이었다. 그는 그곳에서 창작에 전념하였으며 걸작의 대부분이 이 시기에 탄생했던 것들이다.

어두운 거실에 몇 사람들이 회전 테이블에 모여앉아 있다. 혼령이 나타났을 때 백인의 여인이 물었다. 내가 아는 바 두려운 자 달아났다고 했다.

"여기 계신가요? '예' 하면 한번입니다. '아니오' 하면 두 번입니다. 그럼 시작합시다."

"누군지 묻기 전에 제 생각을 읽을 수 있나요?"

"쿵!"

외다리 회전 테이블이 자신을 들었다놓았다.

"대답할 수 있나요?"

"쿵!"

"말씀해주세요."

여러 번 꽈당! 꽈당….

'빅토르 위고 위령'이 시를 읊조린다.

신은 나의 무덤
나는 신의 숨결 뜨고 지며 나는 하늘을 땅을 원하네
별에 끌리고 관이 나를 옮아매네
그림자는 잠들어라. 태양은 일어나라 하고
비탄에 잠긴 무덤의 보초병은 텅 빈 머리를 꿰뚫네

나는 악몽의 선동자

시 낭송이 끝나고 문이 없는 그녀의 집에는 그 이후로 많은 인연의 끄나풀들이 오고갔다. 깜깜한 어둠이 찾아왔으며 다음날 아침이 밝았다. 다영이가 돌연 기억의 창고를 뒤적이다 광화문 촛불시위를 펼쳐보였다. 대통령 탄핵을 촉구하는 수많은 사람들이 촛불을 밝히고 외치고 있다. 그런가 하면 그 촛불세력의 난동으로 권좌에 오른 대통령으로도 기억되는 인물도 있다. 이곳은 시민의 여론이 모이고 폭발하는 장소로서의 공공성이 혼재된 공간이다. 그리고 2008년과 2016~17년 촛불시위의 중심지였다.

그러나 1987년 6월항쟁 당시 서울에서 일어난 시위공간으로 더 중요했던 장소는 각 대학교와 명동성당과 서울역 일대였다. 세상은 시시각각으로 변화무쌍하게 흘러가고 있었다. 그 증거로 광화문 앞 세종로는 조선시대부터 주요 관아가 있던 육조거리였다. 일제 치하에는 식민지 통치의 중심지였다.

다영이는 오늘 하루 너무나 많은 것을 익히고 보았다.

"그렇게 심각할 것은 또 뭐야?"

그녀가 놀라서 뒤를 돌아보자 가슴을 열어 황금빛을 보여주던 고대 이집트 파라오가 사라져버린 후였다. 그 자리에 하얀 가운을 입은 사내가 역 광장에서 선두로 홀연히 나타났다.

'저 사람은 또 뭐야? 세 번째 주치의가 분명해.'

사나운 눈초리로 쏘아보았다. 그 뒤를 이어 완전 무장한 레벨D 방호복으로 착용한 의료진들이 8명씩 짝을 지어 들어서고 있었다. 신뢰할 수밖에 없는 많은 사람들의 대이동이었다. 그녀가 이번에는 오감을 지키는 수문장이 되어 자신에게 다가오는 사람들을 제대로 인식할 수 있어야 할 터인데…. 눈, 코, 입, 귀, 손이 어떻게 반응하는지 통 알 수가 없었다. 그녀의 숨은 또다시 포물선을 그리며 '숨 그네' 타며 심한 착란현상을 일으키고 있다.

"어디쯤 여행 중이신가요?"

이번에는 그녀가 정중하게 여쭈었다.

"아마도 서로가 도착할 목적지는 같을 거요?"

추측이나 결론을 먼저 말하는 생각이 앞서가는… 저 사람들은 우울한 정보를 먼저 받아들이는 스타일? 아님 긍정적 마인드의 소유자? 광장에 모인 모두는 자유와 변화를 체감하며 길을 나선 이들이다. 어떻게 보면 자유영혼의 확진자들은 하늘나라 바닷가에서 춤추고 웃고 떠드는 색다른 유토피아를 찾아나선 이들이기도 했다. 나라별로 코로나19 체감온도는 각기 다르겠지만….

그때 역 구내 스피커로 안내방송이 나왔다.

"광화문역! 광화문역으로 19열차가 들어오고 있습니다. 자유영혼의 확진자 여러분과 자가격리 중인 지구별 여행자들께서는 안전선 밖으로 물러나주시기 바랍니다. 감사합니다."

고압의 증기가 빠져나가면서 주변의 증기기관차들이 기적소리를 토해냈다. 그 옛날 추억의 증기기관차 속을 헤치고 빨간 색 고속열차가 두 줄기의 철로를 통과하면서 플랫폼에 소리 없이 쓰~윽 정차했다. 매우 신기한 일이었다. 이처럼 거대한 열차를 본적이 없었다. 안이 다 내다보이는 통유리로 되어 있다.

'요상한 세상이야.'

감탄사가 절로 나왔다.

열차에서 우주복을 입은 의료진들이 속속 나타나면서 탑승자들에게 안전거리를 지시했다. 순간, 객실로 통하는 좁다란 공간이 열리면서 중증환자를 음압병동 중환자실까지 옮기는 작업이 속속 진행되고 있었다.

19열차가 도착할 곳은 공기 맑은 산속 깊은 유배지일 수도 혹독한 시베리아 벌판일 수도, 다시는 돌아올 수 없는 저승일 수도 있다. 그녀는 하나의 조약돌이 되어 강돌바닥에 쓸리는 듯 강을 건너가고 있었다.

차창 밖에는 노인과 '빅토르 위고의 위령'이 지켜보고 있는 가운데 열차가 기적소리를 내며 출발하였다. 서울 시내가 황토 빛으로 물들었고 도무지 차창 밖은 짐작할 수 없었다. 열차는 레일 위를 달리고 30여 분이 지나자마자 급정거했다.

"이~ 크. 무슨? 사고라도?"

사람들은 당혹감을 감출 수가 없었다. 이때 안내방송이 흘러나왔다.

— 19열차를 운행하는 5호차 대한의사협회에서 말씀드리겠습니다. 가족들의 얼굴도 못 본 체 생을 마감해야 하는 갑작스런 중증환

자가 생겼습니다. 그의 마지막 순간을 위로하고자 열차의 마지막 칸 8호차를 임종실로 문을 열었습니다. 이것은 생의 마지막 순간을 배려한 것임을 알아주었으면 합니다.

"뭐야. 8호차가 임종실로 문을 열었다고."
"웬 비보?"
"방금 함께 탄 경아의 어머니가 중증 확진자로 위급을 다투고 있다네."
"아까까지 멀쩡하던 사람이…."
"어머니를 보내야 하는 경아의 심정은 오죽할까?"
경아와 그녀의 어머니에게 주어진 생의 마지막 시간을 모두들 자신의 일처럼 염려했다. 열차 측에선 모녀간에 인사할 공간을 마련해준 것이다. 슬픔 중에서도 가장 슬픈 이야기가 흘러나왔다. 곧 이어 안전수칙도 안내방송으로 나왔다.

— 가족 중 아직은 기저질환이 없는 1인만 임종실 출입을 허락한 것이라는 점을 양해해주시기 바랍니다. 방금 그녀의 딸 경아는 지시에 따라 레벨D 방호복을 착용하고 어머니의 마지막 가는 길을 보내드렸습니다. 승객 여러분께서는 고인의 명복을 다함께 빌어주시기 바랍니다.

이 슬픈 현실 속에서도 열차 칸칸이 애도의 물결이 흘러다녔다.

— 고인의 딸 경아가 면회 후 14일 간 자가격리를 위하여 회복실로 옮겨졌음을 또한 알려드립니다. 갑작스럽게 격리돼 고인의 임종을 지키지 못하고 외롭게 임종을 맞는 환자들과 가족들에게 위안을 드리고 싶었습니다. 승객 여러분의 안전을 위해 대한의사협회는 최선의 노력을 다할 것을 또한 약속드립니다.

제2장 풍서원역
환자의 시간

열차는 어느새 광화문역을 출발하여 서울을 빠져나오면서 경기도 양평을 지나 강원의 정령 속으로 달려가고 있다. 경아어머니를 잃고 보내는 사이에도 세상은 시시각각으로 변하는 소용돌이 속에 있었다. 열차는 자기가 가야 할 두 줄기 철로가 놓여 있기라도 하듯이 앞으로 묵묵히 행진해 나갔다.

열차 안 TV 연합뉴스에서는 남쪽지방의 봄소식을 전하고 있다. 홍매화가 화사하게 핀 사찰 풍경이 더없이 아름답다.

"사 그 락, 사 그 락~."

연둣빛 어린 잎사귀들이 얼굴을 내밀고 있는 첩첩 강원 산길을 스치며 19열차가 달린다. 대자연은 엄동설한의 힘든 시간을 견뎌내고 뿌리에서 힘차게 펌프질을 하고 있다.

다영이는 19열차에서 우연히 친구들을 만나게 된다.

지난 3월 대전에 위치한 간호학교의 신임 간호사 민아였다. 그녀는 당초 9일로 예정돼 있던 졸업식을 일주일 가량 앞당겨 치른 뒤 코로나19로 뒤덮인 19열차에 탑승하게 되었다. 사실상의 발령이긴 했지만 그녀의 첫 임무지가 다급한 곳으로 발령이 났기에 모두 긍정적으로 마음을 다잡고 광화문역으로 향했다.

그러나 소중한 딸을 위험한 현장으로 보내야 하는 부모님의 심정은 어땠을까?

자꾸만 뒤를 돌아보게 했다. 민아는 드디어 올 것이 왔다고 생각했을 즈음에 코로나19 확진자 격리 이송팀 열차에 콜이 울렸다.

"네~ O2. 산소통, 10분 뒤. 준비해서 갈게요."

"환자 콜. 곧 온대요. 빨리 빨리 준비해서 갑시다."

감염관리실 전화였다. 중증환자를 음압병동 중환자실까지 옮기라는 신호였다. 이송팀 전용 휴대폰 콜에 데이터팀 27년차 임상병리사, 3년차 수술실 간호사, 30년차 간호조무사, 신임 간호조무사 등 의료진 4명은 분주했다. 모두 15명으로 각각 4~5명씩 3교대로 돌아가는 이송팀의 밤 근무조는 이날 새벽 4시부터 중증환자들을 음압병실 열차로 옮기기 위해서 모였다.

이 차량은 중증환자 전담치료시설로도 지정되었고, 전체 30개 중증병상 중 이날까지 29곳이 이미 찼다. 숫자는 오락가락하지만 대체로 빈틈이 없다. 앞 차량의 경증시설에 비해 덜 분주하지만 생사를 가르는 최전선 의료현장 분위기는 시시각각 바뀌고 있었다. 대기할 때 밝은 분위기는 콜이 울림과 동시에 무거워졌고 숨가쁜 현장으로 무섭게 몰입해 들어갔다. 몸 어디서에서 그렇게 큰 에너지가 순간 폭발하는지 알 수가 없는 가운데 먼저 레벨D 방호복으로 환복했다.

그때 수간호사가 그들에게 환기시켰다.

"여러분도 잘 알고 있겠지만 특성상 환자의 침 한 방울로도 감염되는 코로나19입니다. 환자를 만나기 전에 빈틈없이 준비해야 한다는 것을 명심하셔야 합니다."

"네."

모두들 짧게 긴장된 채 대답을 하고는 전신을 감싸는 레벨D 방호복을 겨우 입고 고글을 쓴다. N95 마스크를 하고 라텍스 장갑 두 겹을 착용하고, 이중 덧신으로 신발을 감쌌다. 함께 이동해야 하기에 탈의실에서 모두들 레벨D로 환복을 했다. 민아의 이마에 머리카락 한 올이 흘러나오자 주변에서 실핀과 고무줄로 묶어 모자 안으로 넣어주었다. 긴장감이 반복되는 가운데 환복하기 전 손소독제로 꼼꼼히 닦고 마스크 아래 방호복 지퍼에도 테이프로 봉했다. 이제 공기에 노출된 곳은 한 곳도 없어보였다.

이렇게 입고 벗는 데 30분은 족히 걸렸다. 금방 숨이 찼고 조금 움직이고 말했더니 금세 고글에 습기가 꼈다. 게다가 마스크의 강한 압박에 움직임도 쉽지 않았다. 그러나 한몸처럼 이송팀이 움직여야 하기 때문에 모두가 레벨D로 환복을 할 때까지 기다렸다가 함께 이동했다. 민아가 비상안전팀에게 무선기로 통화를 요청했다.

"이송팀! 갑니다. 통제를 요청합니다."

비로소 이동경로 모두가 통제되었다. 국가지정 입원치료병상 통제구역, 역 앞에서 환자가 오길 기다렸다. 달리는 음압병실 음압카트에 20대 여성 중증환자가 실려 도착하고 있었다. 이송팀은 다영이를 받았고, 산소호흡기통이 달린 투명 플라스틱 관에 그녀는 눈을 감고 누워 있었다.

"환자분 들리세요? 병실로 옮길게요. 조금만 기다리세요."

그녀가 의식이 있는지 고개를 끄덕였다. 차트를 보니 환자 이름은 놀랍게도 김다영이었다.

"이게 뭐야?"

"김다영, 아이쿠?"

여고시절 민아와 단짝 이름과 같다. 다시 한번 확인했다. 여전히 나이와 이름이? 영락없는 친구 다영이었다. 여고를 졸업하고 각자의 길을 우린 떠났다. 서로 소식이 뜸했다. 순간 심장이 쿵하고 멈춘 듯 얼굴빛이 금방 사색이 되었다. 하지만 지금은 모두 힘을 모아야 할 형편이었다. 개인감정에 빠져들지 말자며 자신을 타일렀다.

간호사 4명이 달라붙어 음압카트를 1호 차량에 밀어넣었다. 집중치료실 통제구역을 향해 카트는 내달렸고 음압병실 중증환자실에 도착해 문을 열어달라고 요청하자 문이 열렸다. 유리 창문 너머로 음압병상과 의료진들이 보였다. 레벨D로 환복 후 산소통을 찬 간호사들이 이중문을 열고 나와서 그녀를 이송해갔다. 병균이 병실 밖으로 못나가게 설계된 음압 특성상 굵은 관이 병상마다 나붙었다.

사실상 이제부터는 '환자의 시간'이라고 말한다.

환자가 얼마나 강인한 정신력으로 버텨주느냐에 따라 죽음의 갈림길이 달라지기 때문이다. '후~' 한 사람, 한 사람이 그렇게 소중할 수가 없다. 중증환자를 이송하던 일을 끝낸 민아는 5호차 대기실로 돌아왔다. 대기실에서 방호복을 벗고 장비를 하나씩 벗을 때마다 손 세정제로 소독하고 겉면이 안에 닿지 않도록 주의해야 했다. 신중을 요하는 일이라 손에 진땀이 났다. 각자에게 폐기통이 주어졌다. 장비를 꼼꼼히 싸서 버려야 했다. 현장이란 이렇듯 살벌하다. 혹시 모를 바이러스 감염에 대비해야 하기에 수칙을 철저히 따라야 했다. 온몸은 어느새 땀이 범벅이 되어 녹초가 되어버렸다.

'이제부터는 환자의 시간'이라는 말을 뒤로 하고 그동안의 시간이 그렇게 빠른 속도를 내고 있음을 알아차리지 못했다. 여고시절 친구 다영이의 해맑은 얼굴이 다시금 또렷이 눈앞에 그려졌다. 그날은 가을이 무르익어가고 있었다. 교정에는 노란 은행잎이 바람에 무수히 떨어지고 아기손바닥을 닮은 단풍잎들이 붉게 물들었다. 야간자율학습을 끝내고 시내버스를 타고 경포바다로 나왔다. 확 트인 동해에 바닷물이 찰싹이고 있었다. 밀려오는 파도를 바라보니 그동안 정신없이 공부하느라고 받은 스트레스가 한방에 날아가버렸다.

"이렇게 좋은 곳을 잊고 살았어."

"그러게. 바다에 들어가보자."

백사장에다 양말을 벗어 신발에 넣고는 맨발로 치마를 부여잡고는 파도에 발을 담갔다. 밀려오는 파도를 따라 도망가다 멈추면서 깔깔거렸다. 돌아오는 길에 해송이 우거진 바닷길을 따라 걸으면서 진로에 대한 이야기를 나누었다.

"넌 어디로 진학할 거니? 확실히 정했어?"

"응 아버지처럼, 고고학 전공을 살려 교수가 되고 싶어?"

"너는 정말 잘해낼 거야? 아버지를 늘 지켜보았으니까."

"그렇지도 않아. 가끔 훔쳐보았을 뿐이야. 너는?"

"난 간호대학으로? 간호사가 꿈이었으니까? 엄마는 고된 직업이라고 만류하고 있지만…."

"넌 나이팅게일같이 생명을 소중히 여기는 숭고한 희생정신이 다분하잖아."

"내게 희생정신이? 너는 정말 좋은 친구야. 예쁜 말만 골라서 한다니까, 항상."

"내가 그래?"

"그럼."

정답게 담소를 나누며 까르르 웃었다.

"부모님은 내가 공부하는 게 제일 재미있다고 하니까, 조금은 놀라시긴 하셔? 늘 까불까불 놀기만 하던 내가? 가까운 중국 대륙을 거쳐 고대 이집트, 그리스 로마까지도 궁금한 게 너무나 많다고 말씀을 드리니까? 아빠가 엄청 반겨?"

"세상에나, 너의 용기에 열띤 응원을 보낼게."

"짝짝! 짝짝짝!"

둘은 동시에 두 손바닥으로 박수를 쳤고, 바다도 파도소리로 응수해주었다.

"쏴아아, 쏴아아…."

파도가 백사장을 시원하게 넘나든다. 경포에는 저녁놀이 물들고,

꿈같은 여고시절이 쏜살같이 지나 그녀에게로 이렇게나 빨리 다가와 있다는 것을 잊고 살았다. 친구 다영이를 생각하다보니… 눈물이 마구 쏟아져 내렸다. 결국 자석에 이끌리다시피 5호차 대기실 바닥에 무릎을 꿇고 말았다.

지금은 기도밖에 길어 없어 보였다.

"주님! 저는 간호사입니다. 하느님과 여러 사람들 앞에서 선서식을 하던 때가 떠오릅니다. 숭고한 희생정신을 본받아 사람의 생명을 다루는 직업이잖습니까. 아프고 소외된 이웃의 몸과 마음을 따뜻하게 치유해주고 싶었습니다. 그래서 간호사가 되었습니다. 하지만 지금은 참으로 위급한 시간들이 저희들 앞에 놓여 있습니다. 이곳에서 간호를 받고 있는 환자들에게 자비를 베푸소서. 특히 산소호흡기가 달린 투명 플라스틱 병실에 누워 있는 확진자들의 안녕을 위하여 끝까지 헌신할 수 있게 도와주십시오."

달리는 차창 밖에는 시퍼런 밤하늘에 수놓은 별 무더기가 금방이라도 쏟아질 듯 또렷하다.

"잘 알고 계시죠. 올해는 플로렌스 나이팅게일 탄생 200주년이자 세계 간호사의 해이기도 하잖아요. 여고 때 친구 다영이가 확진자로 '19열차'에 탑승했다는 사실도요? 아직은 젊은 친구입니다. 그녀의 생명을 지켜주시고 다른 환자들도 보살펴주셔요. 그리고 모든 환자들에게 '아프다고 말해도 괜찮다고', '슬프다고 말해도 좋다고' 말하고 싶습니다. '곁에 있어 드리겠다고' 그들의 영적 가슴에다 간절히 속삭이고도 싶습니다."

민아는 좀체 바닥에서 일어나지 못하고 있다. 몸이 몹시도 떨리고 있었다. 친구의 위험순간이 자신의 일처럼 여겨졌다. 저물어가는 차창 어둠속으로 영화 디즈니의 애니메이션 〈겨울왕국 2〉의 주제곡 〈Into the Unknown〉이 흘러나오고 있다.

'내가 내 갈 길을 가는 것에는 많은 이유가 있어. 지금은 내가 사랑해왔던 모두가 이 벽으로 둘러싸인 곳에 있어. 내게 위험이 닥칠까봐 난 두려워. 미지의 세계로, Into the Unknown, Into the Unknown….'

6호 차량에 탑승한 호흡기내과 전문의 최한수는 자신을 부르는 의문의 목소리가 들리기 시작했다. Into the Unknown, 알 수 없는 미지의 세계로, 세상은 온통 평화로운 일상들이 흔들렸다. 마치 겨울왕국의 '엘사'가 의문의 소리를 좇아 '미지의 세계'로 발을 내딛는 장면과도 흡사한 상태를 유지하고 있다. 특히 신비로운 음색과 파워풀한 가창력으로 숨겨진 진실을 찾아떠나는 '엘사'의 결기가 마치 오늘날 자신과 동료 의료진들의 모습과도 흡사했다. 디즈니 영화 속 그녀의 내면처럼 자신들을 향해 크게 확대되어가고 있다. 몹시도 두려운 현실이 톱니바퀴가 철로를 따라 놓인 두 줄기 레일로 굴러가듯 급박하게 내달리고 있다.

현수는 동료의사를 열차와 열차가 연결되는 통로에서 잠깐 마주쳤다.

"그쪽 환자 괜찮아?"

"아주 위협적이야."

"운명도 이쯤 되면 장난 아니야."

"뭐가?"

"그게 말이야. 어릴 적 고향 여자 친구를 만났어?"

"확진자로?"

"응. 아득한 기억 저편에 있는 달 밝은 날이면 서라벌을 같이 쏘다녔지…."

"그건 흔치 않은 일인데…."

"준비가 미흡한 상태에서 그녀와 맞닥뜨리다 보니… 마치 보이지 않는 곳에서 연약한 그녀를 적과 맞서 싸우게 내버려두는 입장이 이럴까. 암튼 그래. 아무런 대책도 없어? 무슨 약을 써야 할지도?"

"신종 감염병에 대처해야 할 우리에게 사스코로나 바이러스—2에 대한 정보가 거의 없잖아."

"그렇지만 어떻게든 해봐야 할 거야."

"너, 혹 그녀를?"

한수는 친구의 뒷말을 듣지 못한 채 다음 말을 이었다.

"지금은 비록 수면 위의 빙산은 작아보이지만, 물 밑의 위협은 어느 정도인지 헤아리기 어려운 상황이야."

"그래. 이 바이러스의 특징을 전혀 알 수가 없어. 그 빠른 전파력까지도? 또 구체적인 증상까지도?"

"증상 발현까지의 시간과 치사율 등에 대한 자료가 아직 전무해. 치료제 역시 없으니까. 무엇부터 해야 할지? 오리무중이야."

"중국 우한을 거쳐 신천지를 통한 집단감염 사례가 제일 중요해보여. 소수의 전파력이 있는 감염환자의 행동 양식과 주변 환경에 따라 감염은 언제든 다시 폭발적으로 일어나고 있기 때문이지."

"그래 화상 긴급회의가 잠시 후에 있다고 연락받았어. 그때 다시 이야기해보자고."

열차가 굽이치는 산모롱이를 돌아나가자 그들은 열차의 연결통로에서 이리저리 몸이 흔들리다 급히 자신들의 6호차 연구실로 돌아갔다. 이 시간에도 바이러스 집단감염 환자들로 인해 죽음의 그림자가 세상 안밖으로 이리저리를 스멀스멀 옮겨다니고 있었다.

그들 전문의들은 하루에도 수차례씩 보호구 착용의 번거로움을 가리지 않고 환자 진료에 전력을 다하고 있다. 그곳 모든 의료진들은 환자의 치료에 대해 상의했다. 필요시 소셜네트워크서비스SNS나 긴급모임을 통해 치료법을 논의하기 시작했다. 한수는 컴퓨터 화상을 뚫어지게 노려보았다. 화면이 잠시 지지배배 혼선을 빚다가 환하게 빛이 들어오자 그는 모니터 화면 앞으로 다가가 자신을 소개했다.

"안녕하십니까? 저는 감염내과 전문의 최한수입니다. 최근 세계에서 가장 많은 곳에서 확진자가 발생하고 있습니다. '우한 바이러스'가 아니라 '글로벌 바이러스'라 불러야 옳을 것 같습니다. 하루에 천 명 이상이 사망하는 등 코로나19로 대혼란에 빠진 미국이나 영국에서 뒤늦게 환자가 증가하고 있습니다. 일본의 경우 뉴욕과 도쿄라고 하는 대도시를 중심으로 감염이 크게 확산되고 그런가 하면 이탈리아에는 이미 변종 코로나19가 급속히 무수한 생명을 앗아가고 있습니다."

다음은 차트를 화면에 띄워놓고 설명해나갔다. 이렇듯 최전선 의료현장 분위기는 시시각각으로 변하고 5호 차량은 의료진들의 연구실로 지정되었다.

다음날 그 다음날도 다영이는 별 차도 없이 고통스러운 밤을 보내고 있다.

열차는 횡성군 서운면 '풍수원역'에서 소리 없이 멈춰 섰다.

그들 모두에게 쉼이 필요한 시간인 것이 분명했다. 풍수원 성당 꼭대기에 있는 다락방, 십자가 작은 창으로 촛불이 켜졌다. 풍수원 성당은 1801년 신유박해 때 교우들이 신앙공동체를 이루며 이후 90여 년간 숨어서 천주교를 지킨 신앙터다. '물이 풍부한 곳'이라는 의미를 가진 풍수원豊水院에서 신자들은 옹기를 굽고 화전밭을 일구며 믿음의 끈을 놓지 않았던 곳이다.

"댕~그랑, 댕~그랑."

종탑에서는 종소리가 드높아지면서 꽃향기처럼 은은하게 퍼져나갔다.

시계가 없던 당시에는 종소리가 인생 전체의 나침반이었을 것이다. 신앙의 믿음을 놓치지 않았던 옛 신앙촌 사람들…. 당시 종소리와 함께 그들의 영이 살아 숨쉬듯이 먼 데서부터 한 소리가 굵직하게 들려왔다.

'두려워하지 마라. 주님이 함께 계시니….'

그때 성당 뒤편으로 까치놀이 온 하늘에 물들기 시작했고 성당 안에서는 수녀들이 기도를 드리고 있었다.

— 생명에 위험을 받고 있는 이들과 무방비로 노출된 이들, 그리고 이런 상황을 해결하기 위해 애쓰는 의료진들과 정부 관계자들을 당신의 보호 아래 맡깁니다. 저희 모두가 이 위기를 지혜롭게 대처하여 빠른 시일에 안정을 되찾게 해주소서.

선한 이들의 기도 소리가 19열차 안으로 옮겨와 향긋한 꽃향기로 가득 채우고 있었다. 검붉은 하늘에는 황금빛 하늘이 짙게 드리우고 있었고 얼마 후 짙은 어둠이 순식간에 찾아왔다.

그들은 노블레스다.

내면에 미덕을 지녔다.

자칫 교과서적인 진부한 생각이라고 여길 수 있다. 그러나 세상엔 변하지 않는 진실도 있다. 내면에 충만함이 있는 이들은 자기 자신을 사랑으로 이끈다. 자신을 사랑하는 사람만이 남에게 그 마음을 나누어줄 수 있다고 믿는 이들이 열차에 탑승했다는 사실이 큰 위로가 되었다.

그런가 하면 우한에서 초기 방역의 실패와 그로 인한 희생의 진상들이 차별과 혐오의 대상으로 삼고 악마들이 날뛰고 있는 풍경들도 들려온다. 동아시아인을 '코로나 바이러스'라고 부르는, 서양인의 언어적 폭력을 넘어 물리적 폭력조차 종종 묵인되는 사악한 이야기다. 세계 곳곳에서 음지를 따라 돌아나고 있다.

다영이는 '빅토르 위고 위령'의 장난에 의해 매장을 당하고 있다.

그녀의 손은 가슴에 교차시켜 올려놓아졌다. 저편 하늘 언저리에서부터 황금빛이 물들기 시작하였다. 그런데 그녀의 마음은 이상하리 만큼 평온해졌다. 차원이 다른 저세상이 저기 하늘의 노을빛처럼 아름답다면 빨려들어가도 좋다는 아주 엉뚱한 생각을 순간했다. 그러다가 갑자기 그녀의 내면에 묻어두었던 어둠이 되살아났다. 그 어둠이 깊어질수록 불편한 느낌도 가중되고 있었다. 살아가면서 이처럼의 통제할 수 없는 이 지경에 이른 적은 단 한번도 없었다고 고백하고 싶었다.

"살려줘요."

"살려줘요."

급기야 발버둥치며 소리치고 있었다. 그러나 아무도 듣는 이가 없었다. 결국 그토록 멀리하고 싶었던 두려웠던 일들이 하나씩 다가오고 있었다. '빅토르 위고 위령'이 자신을 하얀 국화 꽃송이들이 무수히 놓인 곳으로 데리고 갔다. 그곳에는 자신의 영전사진이 자리하고 있었다. 섬뜩했다. 짙은 향나무의 향이 향로에서 피어오르고 있었다. 국화꽃이 내뿜는 꽃향기와 향나무의 짙은 향기로 기분이 몹시 상했다. 어느 결에 부모님의 슬픈 곡소리도 사람들의 무리 속에 섞여 구슬프게 들려왔다.

"내 딸 다영아! 이게 무슨 짓이야. 불효막심하게…."

"아빠가 미안해."

그녀의 눈에서도 어느 듯 눈물이 고였고 숨이 막힐 것 같았다. 마지막 입관이 시작되면서 팔다리가 묶인 채 어느 결에 수의를 입고 있는 자신이 관에 누워 있었다. 뚜껑을 닫는 관의 모습이 엇비슷 지나가면서 못질하는 둔탁한 망치질 소리가 났다. 그녀는 움직이지 못하지만 살아 있었기에 차마 못할 짓을 겪고 있다. 그때 관이 몹시도 흔들렸고 그녀를 무덤으로 옮기는 발소리가 들렸다. 인부들이 서로주고 받는 이야기도 따라왔다.

"젊은 나이에 아깝군."

"북망산천이 멀다더니, 내 집 앞이 북망산천일세."

"길 떠난다. 길 떠난다. 이제 가면 언제 오냐? 오실 날이나 일러주오."

멀리서 어둠을 타고 짖어대는 뭇짐승들의 울음소리도 사람들의 상여소리와 함께 섞여 들려왔다. 급기와 관 위로 흙모래가 흩뿌려지는 소리가 적요함을 더욱 부채질했다. 다른 사람들은 다 살아 있는데 그녀만 이렇게 땅속에 묻혀야 한다는 현실이 몹시도 못마땅했다. 이윽고 자신을 산 채로 땅속에 묻고 떠나는 조문객들의 곡소리를 듣자 그녀는 그동안 참았던 울음을 토해냈다. 그러나 듣는 이는 없었다. 사방은 컴컴해졌고 이제는 완벽한 공포가 그녀를 사로잡았다. 그녀는 딱딱한 대리석 바닥에 누인 채 어디론가 떠내려가고 있었다.

한편 담당의사 최한수가 미지의 세계로 나아가면서 겪는 확진자들을 위해 남 몰래 흐르는 눈물과 함께 열차 곳곳에서 슬픔이 고통이 연주되고 있었다. 다영이를 좋아하던 그의 육신은 그녀의 영혼을 쫓아 높은 산언덕 폭풍이 휘몰아치는 꼭대기에서 끝내 오열을 토해내고 말았다. 그녀와의 인연을 생각하면 할수록 숨통이 조여들었기 때문이다. 신은 그를 바람이 휘몰아치는 폭풍의 언덕, 거칠고 격정적인 인간의 애증 앞으로 데려갔다. 애증의 불길은 신앙을 지키기 위해 집단촌을 이룬 강원도 횡성군 서원면 '풍수원 성당' 계곡이었다. 산 너머 붉은 노을빛으로 십자가형을 당하고 있었다.

— 세상이 완전히 무너지고 있네. 악화된 실업 문제와 지역차별 문제들로 세계경제를 위기로 이끌었다. 이교도들의 무리, 그들을 성안으로 들게 하라. 세상의 끝은 코로나19 이후의 시대로 이미 예정되어 있었지.

"죽이시오! 죽이시오!"

군중들이 일제히 그를 향해 소리 높여 외쳤다. 소리치는 군중 속에 그의 눈은 검붉게 물들었고 영혼은 지옥불에서 휘청거렸다. 그의 육체는 이미 화염에 휩싸인 무너진 교회 첨탑 꼭대기 십자가상으로 곧춰 세워지고 있었다.

"주님은 어디에 계신가?"

고통에 일그러진 처참한 얼굴의 그가 간신히 십자가상에 몸을 의지하고 있다. 하늘은 기다리고 있었다는 듯이 성난 짐승의 몸짓으로, 신음소리로 폭우를 '풍수원 성당' 계곡으로 다 쏟아내고 있었다. 세상은 검푸른 바다 물결 위로 성당이 움직이고 있다. 지각변동으로 지구판이 깨어지면서 대혼란의 시대가 대륙이 서서히 이동하기 시작했다. 딱딱한 대리석 바닥에 누인 그녀가 어느새 십자가상에 묶어 계곡물에 떠밀리고 있다. 이번에는 거친 폭풍우 속에서 다영이가 미친 듯이 소리치고 있다.

"살려줘요. 살려줘요."

교회 첨탑 꼭대기 십자가상으로 곧춰 세워졌던 그가 주변을 살핀다.

"거 누구시오?"

그녀가 차가운 계곡물에 상체를 드러낸 채 큰 눈동자를 굴리고 있다.

"살려줘요. 제발!"

"혹 당신?"

그는 그만 환각을 보고 말았다. 다영이를 응시하다 말고, 검푸른 바다 칠흑 어둠 급류 속으로 몸을 던졌다. 차가운 물속에서 그녀를 쫓고 또 쫓고 있다. 그러다가 그만 급류 속 음압병동 중환자실 침대에 반듯이 누워 있는 다영이의 형상과 마주치고 말았다.

그녀의 눈동자는 인간의 그것이 아니었다. 슬프고 시린 짐승의 눈빛이었다.

의사 한수가, 간호사 민아가 음압병동 중환자실 통유리를 사이에 두고 애타게 기다리고 있다. 열차 안에는 많은 확진자들이 죽음의 사선을 넘나드는 소식이 속속 도착했다. 비상차량을 달고 가던 맨 끝에 8호 차량이 임종실로 바뀐 지는 오래다. 코로나19 희생자들을 먼저 떠나보내야 하는 절박한 순간순간이 모두에게 다가오고 있었다. 인간의 죽음에는 어떤 수식어도 사치에 불과하다. 코로나19 사투를 끝내고, 이 세상을 마지막 하직하는 모든 이들은 하나같이 야윈 모습이었다.

임종 경을 실은 배가 그들 한 사람, 한 사람을 찾아다녀갔기 때문이다.

— 지극히 어지신 하느님 아버지! 저희는 그리스도를 믿으며 살다가 이 세상을 떠난 모든 이가 그리스도와 함께 부활하리라 믿으며 코로나19 희생자들을 아버지 손에 맡겨 드리나이다.

응급실을 지키던 의사가 확진 판정을 받거나 종교인 단체를 이끄는 목사가, 이탈리아 성지순례를 이끈 젊은 신부가 제 가끔의 이유로 장례미사를 준비 중에 있다. 그들은 이 각박한 시간 끄트머리에 매달려 자신들의 발자취를 되짚어가기도 한다. 자신의 죽음을 알리기 위한 여정을 직접 자신의 죽음에서 스스로에게 보여주고자 노력하고 있다.

죽음을 체험한 다영이의 영육도 몹시 떨고 있다. 그녀가 무서운 용기로 관을 부술 에너지가 폭발하기를 온힘을 다하여… 기필코 해야 한다고. 반드시 해야 한다고 가까운 친지들은 한목소리로 외치고 있다.

그녀의 집에는 문이 없다.

지붕도 없어 하늘이 내다보이는 집이다.
창문도 없어 비가 오면 빗물이 새고 세찬 바람이 넘쳐나는 집이다.
또한 그녀의 집에는 손잡이가 없다.
열쇠가 없어 도둑이 들어와도 훔칠 게 없는 집이다.
누가 그들이 잠들고 있는 곳을 집이라고 불렀을까?

심장은 있지만 혈관이 없다.
피 흘릴 것 또한 없는 참으로 한가한 집이 되어버렸다.
찾아오는 방문객도 하나 없다.
심지어 그녀를 마지막 싣고 갈 장의차도 준비되지 않았다.
입관도 없이 그저 불화로에 순간이동으로 모든 절차는 생략될 것이다.

제3장 오대산역
치유의 길

열차는 풍수원을 출발하여 평창 오대산 불교성지에 닿았다.

오늘은 석가모니 탄신일이다. 알록달록 연등이 그들을 먼저 반긴다. 코로나19 사투를 끝낸 경증의 소수 완치자들은 열차에서 내렸다. 저마다의 꿈을 챙겨 오대산 전나무 숲길을 맨발로 걷고 있다. 동남아시아에서 일자리를 찾아온 젊은 다국적 청년도 다른 이들과 함께 있다. 늘씬하게 하늘을 향해 쭉쭉 뻗은 전나무숲 보드라운 흙길 위에 자신을 온전히 드러내놓고 있다.

"당신네들은 코로나19 완치자요."

그 소리는 수많은 파장을 일으키며 환희와 울먹임으로 다가왔다.

19열차에서 '축배의 잔'이라도 들어야 옳을 일이다.

그런가 하면 식물인간인 다영이의 무의식은 서늘하면서도 달콤한 진하면서도 늠름한 전나무숲을 닮은 환각에 놓여 있다. 비현실적인 향기에 이끌리어 마치 완치자로 오대산 선재 골짜기에 들어서고 있다. 숲 곳곳에 은방울꽃이 얼레지 보랏빛 꽃이 지천에 깔려 있다. 그러나 그녀가 한 발짝 앞으로 발을 내미자 빨간 삼각 모양의 지뢰밭 표시가 있다. 철조망을 쳐놓은 곳곳에 매달려 있어 섬뜩했다. 곳곳에 숨겨놓은 지뢰 때문에 그녀는 앞으로 더 나아갈 수가 없었다.

그러나 완치자들은 80년 수령의 전나무 180그루가 내뿜는 피톤치드 산림욕은 그동안 부족했던 산소를 폐부 깊숙이 불어넣어주었다. 전능하신 창조주에게 감사드리며 크게 심호흡을 한다. 일상으로 돌아갈 수 있다는 게 아직 실감이 나지 않았다. 그동안 쓰디쓴 육체의 고통이 따랐다. 허약해진 몸 자리에 안도감을 폐부 깊숙이 불어넣는다. 가볍게 전나무 숲길을 걷는다.

— 격리하면 인권 없다 아우성! 격리 않으면 인류 없다, 걱정!

전나무 숲속에는 그 뜻을 알 수 없는 현수막이 곳곳에 설치되어 있었다. 섬뜩했지만 흙 기운이 감금된 그들의 오감을 일깨우고 있었기에 그들은 개의치 않았다. 그동안 지친 심신이 위로를 받으면서 호흡이 깊어졌다. 아마 이곳은 영겁의 역사가 켜켜이 쌓여 있는 사색의 길이자 구도자의 길이기 때문이다. 누구나 음압병동에서의 상념을 잊어버리고 평안에 빠져들 수 있다면 그것이 행복일 터이다.

일행이 전나무 숲길을 걷다보니까 큰 물고기 모양의 등들이 파도를 타듯 길을 밝히고 있다. 모처럼 휴식이 갑자기 물고기처럼 숨을 할딱거리게 된다. 이건 또 무슨 일이람? 큰 바다 속 그 어떤 물살에도 아직은 낄 수가 없다는 강박관념이 앙금처럼 출렁거린다. 아직은 완쾌로 가기에는 시간이 필요함을 알리고 있다. 경거망동은 금물이다. 몸을 추슬러야 할 때라고 경고한다. 속울음이 울컥 울컥 올라왔다. 기복이 심한 감정 상태를 억제하기가 여간 어려운 것이 아니다.

그들은 어느새 월정사 사찰에 들어와 있었다.

적광전 앞뜰에는 석가의 사리를 봉안하기 위해 세운 팔각구층석탑이 눈길을 끈다. 아름다움이란 이렇듯 마음에서 울어나는 끌림인가 싶다. 한갓 화강암 돌덩이가 전해주는 의미 전달은 실로 크다 아니할 수 없다. 이 석탑은 고려시대 전기 때의 석탑을 대표하는 국보급으로 학교 시험문제로도 출제되었다.

불교신자들은 천 년의 역사를 지닌 월정사 적광전 탑 앞에 있다. 두 손을 모아쥐고 봉양하는 자세로 무릎을 꿇고 있는 석조보살 좌상을 자신인 양 본다. 탑돌이를 하는 그들 한 사람, 한 사람에게 불심이 타오르고 있다는 증거일 게다.

"나무아미타불 관세음보살, 돌고 돌아 백팔번뇌를 돌고 돌아. 우주 공간을 돌고 돌아. 나 여기 있음에 감사하나이다."

반면 완치자 중 경아는 19열차에서 어머니를 잃고 아직 슬픔을 가누지 못하고 있다. 오대산 선재길을 걸으며 온전히 자신을 맡기고 싶은 충동을 느끼지만 좀처럼 마음을 열지 못하고 있다. 그러면서 어머니의 극락왕생을 위한 49제를 드리고 싶다는 간절함만은 가눌 길 없어 보인다. 어머니의 종교는 불교였다. 어릴 적 타박타박 어머니를 따라 오르던 산사가 기억에서 또렷이 떠올랐다. 깊은 산사에서 들려오던 풍경소리가 계곡을 차고 흐르는 물소리가 어린 날의 풍경으로 다가왔다. 법당 뜰에 들어서며 안겨오던 묵직한 산울림과 목탁소리까지 기억에서 되살아났다.

그때의 평온함은 잊을 수가 없다.

형형히 타오르던 불빛 속 마음을 모아 어머니의 극락왕생을 빌고 또 빌고 싶다.

"석가모니불! 석가모니불!"

언제나 삶의 뒤안길엔 얼룩 같은 후회가 남게 마련이지만 유독 어머니에게 그녀는 이기심의 상징이었다. 철부지 못난 딸이었음을 뒤늦게 깨닫게 된다. 석가모니께서는 이런 말씀을 하셨다.

— 사랑하는 사람을 가지지 마라. 미워하는 사람도 가지지 마라.
사랑하는 사람은 못 만나 괴롭고 미워하는 사람은 만나서 괴롭다.
—『법구경』에서

이는 참뜻을 소홀히 하여 무수한 아픔들이 생겨날까 하는 석가모니의 노파심 때문에 생겨난 말일 것이다. 경아의 어머니는 코로나19 사망자로 기록되었다. 19열차에서 레벨D 방호복을 착용하고 어머니와 같은 몇 몇의 망자들의 장례절차를 지켜봐야 했다. 심장이 얼어붙고 손끝 마디마디에 와닿던 통증을 어쩌지 못했다. 머리 속이 하얗게 변했다. 죽음의 강을 건너가는 어머니의 혼백을 끝까지 매몰차게 바라보아야 했다.

다만 어머니의 강한 딸로 지혜롭게 이 고난을 극복해야겠기에 목마른 갈증으로 끓어오르던 피를 삭히고 있는 중이다.

같은 여자로서 어머니의 일생이 가여워 거의 미칠 지경이었다. 뿐아니라, 그동안 자신을 지켜주던 버팀목이 사라졌다는 사실도 믿어지지 않았다. 이제 경아는 어처구니없이 '불쌍하다', '딱하다'는 소리를 주변에서 듣게 되었다. 그거쯤이야, 그러나 자존감이 강한 그녀로서는 마음이 상하는 말들이다. 『화엄경』에 나오는 선재동자의 기나긴 구도여행과도 흡사할 것이기에 더욱 마음이 쓰였다. 지극히 순수하고 정성스러워 마치 순진한 어린이와 같은 상을 지녔다고 한다.

'선재동자는 문수보살의 가르침에 따라 뱃사람, 거리의 여인, 저자거리에서 장엄법문을 설하는 사람, 강가 모래밭에서 장난하는 어린이까지 각계각층의 인사를 만나 법을 묻고, 구하는 자'라고 한다. 1,400년 가까운 구도의 염원은 이 길가에 존재하겠기에 경아는 이 길위에서 길을 묻고 또 묻는다. 아이스하키 여자 국가 대표선수로 그동안 쌓아온 길이 어머니를 잃음으로써 홀로서기를 강요당하고 있다. 끊임없는 보살행을 실천해야 하는 길이 아닐까 싶어 씁쓸하기는 마찬가지다. 가느린 야생화 같은 작은 얼굴을 가진 당찬 어머니였기에 더욱 마음이 복잡하다.

지금은 싸늘한 찬물 같은 손끝으로 자신을 버리고 줄행랑을 친 꼴이 이럴까 싶다.

외동딸을 무척이나 애지중지했던 어머니였다. 그녀가 신생아 때 백일해균의 감염으로 호흡기 질환이 찾아왔다. 얼굴이 벌겋게 달아오르면서 '흡' 하는 소리와 발작으로 구토했다. 차라리 본인이 아픈 것이 더 마음이 편할 것 같다며 흐느꼈다.

열에 들뜬 어린 딸을 포대기에 싸서 등에 업고는 맨발로 동네 병원으로 달려가던 어머니였다고 한다. 그 어머니의 지극한 사랑이 없었다면 자신은 지금 이 세상에 없었을 터였다. 그 이후 백일해 병치레로 약하디약한 몸에 경련도 자주 일으켰다고 한다. 열이 나면 눈이 조금 돌아갔다. 손발을 약간씩 탁탁 떨면서 자주 뻣뻣해지곤 했다. 어머니의 애간장을 그녀는 많이도 태워드렸던 것이다.

지금 생각해보면 하늘 아래 그 어디에 이런 사랑이 존재할까 싶다. 반면 허약한 경아가 스스로 절망한 순간에도 생명의 동아줄을 단단히 잡고 버텼다고도 볼 수도 있다. 그런 경아와 어머니가 코로나19 환자로 격리 수용되었다가 어머니는 죽음의 강을 건넜다. 본인은 완치자로 분류되는 과정을 겪었다.

살다보면 이처럼 극적인 장면이 밀물처럼 밀려왔다가는 쓸려나가는 순간이 있다. 영원한 슬픔으로 남겨나 혹은 귀한 선물을 두고 달아나기도 한다.

그해 2018년 겨울이었다. '평창 동계올림픽' 개막식이 열리고 경아가 아이스하키 여자 국가 대표선수로 뛰었다는 사실은 하늘이 내려주신 은총이 아닐 수 없다.

"puck!, puck!"

강한 퍽을 날리는 경쾌한 음이 울러퍼졌고 선수들은 시합 전 몸을 풀기 위해 빙판 위로 스틱을 가지고 활기차게 돌아다녔다. 관람석에는 이미 많은 사람들로 장사진을 이루었고 흰색 바탕에 푸른 한반도기를 들고 있었다. 경기장 정중앙에는 서로의 국기가 게양되어 있었다. 일제히 스틱을 허공에 올리며 남북단일팀 여자선수들이 함성을 질렀다. 곧이어 스웨덴 선수들의 함성도 들렸다.

"우우우…."

요란한 스틱 소리와 함께 이윽고 '평창 동계올림픽' 여자 아이스하키 경기가 시작되었다. 각 나라별로 설치된 수십 대의 중계 카메라가 일제히 선수들을 향해 움직였고 선수들은 다시 긴장했다. 경기장에는 한민족 정서를 담은 〈아리랑〉 민요가 흘러나왔고 애국이 따로 없었다. 모두가 한마음 한 뜻으로 노래를 불렀다. 〈오~ 필승 코리아!〉 응원가도 우렁차게 울려퍼졌다. 동시에 사람들의 뜨거운 응원 열기로 경기장은 후끈 달아올랐다. 경기를 뛰고 있는 선수들과 호흡을 같이하는 응원단 사이에 긴장감이 감돌았다. 그 가운데 명장면들이 순간 순간 연출되었다.

"puck!, puck!"

퍽을 날리는 강력하고도 요란한 소리와 함께 선수들이 서로 몸을 부딪쳤다. 빙판 위로 뒹구는 모습까지도 아슬아슬하게 경기는 진행되었다. 하지만 우리 팀이 상대를 공격하고도 득점을 넣지 못하자 답답한 심정을 감출 수가 없었다. 시간이 지체되면서부터 손에 땀을 쥐고는 더욱더 경기에 몰두해갔다.

여자선수들의 장비는 실로 어마어마하다. 목을 보호하기 위한 넥가드와 눈앞을 가리고 있는 그물망이 있는 스키 바이저 헬멧을 썼다. 빙판에서 넘어지면 다치지 않게 무릎을 보호하기 위해 딱딱한 보호대를 손과 손목을 덮어야 하는 두꺼운 글러브 장비들을 착용하고 있었다. 그 무거운 장비를 하고 스케이트를 재빠르게 타며 경기에 임하는 선수들의 체력소모는 대단했다.

순간순간 빠른 속도로 움직이는 퍽을 따라잡느라고 관람객들 또한 한눈을 팔 수가 없었을 것이다. 선수들의 마음도 조마조마 속이 타들어갔다. 빙판에는 선수들의 스케이트 칼날에 깎인 하얀 분말의 얼음가루가 빙판 위에 낮게 날아다녔다. 경기 중간중간 얼음 바닥을 잔뜩 희뿌옇게 덮어놓은 곳을 청소하기 위해 스키 봉사단원들이 다녀갔다. 그들은 스키를 타면서 빙판을 평평하게 다듬었다. 그곳의 얼음 온도는 영하 4도였다. 차가운 공기가 마치 구렁이가 담을 넘나들듯이 바닥을 '스르륵, 스르륵' 소리내며 '휙! 휙!' 지나갔다.

그 위로 심한 몸싸움도 꺼리지 않았기에 고난도 경기라고 볼 수 있다. 또한 규칙을 어겼을 경우에는 어김없이 페널티를 받아 경기장 밖으로 나가 따로 격리되는 악순환도 교차되었다. 퍽을 날리는 순간마다 여자선수라는 것을 잠깐 잊게 하는 장면들이 매번 연출된다. 스키 바이저 헬멧 뒤로 빠져나온 길게 땋은 머리카락 때문에 성숙한 숙녀라는 사실을 일깨워줄 뿐이다.

어머니는 경기 내내 마음이 심란했을 것이다.

경기가 팽팽하게 진행되다가 스웨덴이 선제골을 넣으면서 남북단일팀은 긴장하고 불안했다. 게다가 경기 중 스웨덴 선수가 심하게 부딪혀 넘어지면서 부상으로 경기장 밖으로 나가는 모습은 간과할 수 없었다. 시간이 지나면서 더욱 거칠고 강력한 스케이팅을 하고 있었다. 경아는 습관처럼 어머니의 환호를 의식하며 힘껏 뛰었다.

경아의 어머니는 직장생활을 하면서도 휴일이면 쉬지 못하고, 새벽같이 경기장으로 딸의 장비를 갖추고 함께 달려왔었다. 경아는 경기 중에 날카로운 스케이트 칼날로 승패를 가름해야 했다. 그러나 팽팽한 긴장감은 어디로 달아났는지 기막힌 스릴을 맛보았다. 그러다가도 게임이 제대로 풀리지 않으면 정말 맥이 빠지는 슬럼프도 늘 찾아왔다. 승패가 주는 실망감과 안도감은 극과 극으로 치달았다. 치고 빠지는 게임처럼 천당과 지옥 편을 넘나다니는 대단한 것이 되고 말았다.

어머니는 교사 아니라 할까봐 강한 딸의 의지력을 시험하곤 했다.

"경기 중에 가장 기분이 좋은 순간은 언제냐?"

"퍽을 총알처럼 골망에 꽂아놓을 때 터져나오는 함성소리가 절 열광시켜요?"

"그렇겠지. 자유자재로 원하는 곳으로 퍽을 보내려면 끊임없는 연습이 필요하겠구나 경아야!"

항상 이런 식이었다. 유아기의 애처로움에서 벗어나 끊임없는 연습으로 그녀를 단련시켰다. 엄격한 경기 규칙을 마다하지 않고 돌덩이 같은 퍽을 골망에 집어넣을 때의 박진감과 달콤한 맛을 거듭 고민하게 만들었다. 그런 어머니도 고달프긴 마찬가지였을 것이다. 연습이 시작되면 장비가 보통이 아니어서 바퀴달린 큰 가방을 끌고 데려다주었고 끝나면 언제나 시간 맞춰 데리러 왔었으니까. 그 긴 시간이 흐르면서 결국엔 가족 모두의 경기가 되고 말았다. 박진감 넘치는 아이스하키가 주는 의미가 빙판에서의 질주와 공격으로 그녀를 무섭게 단련시켰다. 그로 인해 '평창 동계올림픽' 아이스하키 여자 국가대표팀에 합류할 수 있었다.

진실로 사랑한다는 것은 이처럼 지독하고 헌신적이며 눈시울이 뜨거운 것이라는 것을 그때 처음 알게 되었다. '하늘은 스스로 돕는 자를 돕는다'고, 어머니는 살아생전에 경아에게 가르쳐주셨다. 또한 어머니 방에 켜 있던 촛불의 의미를 잊을 수가 없다.

어머니의 일기를 본다.

— 나는 가끔 고단하고 슬플 때 가눌 길 없는 마음의 상처로 어지러울 때는 부처님 전에 촛불을 밝히곤 한다. 타오르는 불길 속 참다운 진실 앞에 두 손 모아 응시하며 기도를 한다. 그러다보면 높은 곳 산사에서 들려오는 목탁소리가, 물소리가, 산새소리가 내밀한 곳에서부터 노크하기 때문이다.

"깨어 있어라, 깨어 있어라."

가을이 되면 만나게 되는 작은 보랏빛 들국화는 딸 경아를 많이 닮았다. 갓난아기 때부터 병치레를 많이 했기에 항상 마음이 편치 못했다. 그 생명력이 마치 들판이나 산등성이 시들어가는 잡풀더미에서 또렷이 피어나는 들꽃 같다고나 할까? 해마다 봄, 가을로 두 차례씩 보약을 달여먹이고 이 어미의 극성은 아이를 힘들게 했다. 딸애를 보고 있으면 언제나 내 마음은 애잔하다. 혹여나 예전처럼 어디가 아플까 조바심이 나기 때문이었다.

그런데 초등학교를 들어가면서부터 운동에 소질이 있다는 것을 알게 되었다. 특히 암반 등반을 좋아하고 운동회 때 달리기를 잘해 메달을 타는 등 놀라운 일이 벌어졌다. 푸르디푸른 하늘, 끝없이 가녀린 아이가 겁도 없이 바짝 마른 두 다리를 크게 발돋움하며 줄을 타고 암반을 오르는 것을 보았다. 그 놀람은 말로 다 표현할 수가 없었다. 딸에 대한 불안이 희망으로 자리를 바꾸고 있었으니까. 감사의 눈물이 목덜미를 타고 흘러내렸다. 그런 날이면 집에 돌아와 방안에 모든 불을 끄고 촛불을 켜는 버릇이 생겼다. 여린 빛이 어둠을 서서히 밀어내고 방 안 가득 은혜롭게 비친다. 그때 나는 딸을 위해 부처님께 기도를 바친다. 감사의 기도를….

어머니는 경아에게 관음보살이셨다.

오대산 선재길에서는 딸을 고통으로부터 지켜주는 대자대비의 상으로 비쳤다. 온 천지에 봄소식이 기다리고 있었다. 꿩의 바람꽃, 현호색, 노루귀 등 야생화가 얼굴을 내밀고 아름다운 계곡을 끼고 걷는다. 코로나19로 지친 자신의 영혼이 치유되는 느낌을 받는다. 어머니의 사랑은 젖병을 물리면서 들려주던 자장가였다.

어머니가 직장생활을 하면서 쓴 육아일기를 또한 본다.

— 오늘도 보행기에 몸을 싣고 저 멀리 아파트를 바라보고 있지나 않을까? 오후반 아이들을 운동장에서 기다리며 그들이 철봉에 매달리며 하늘을 바라보는 진풍경을 바라보다 우연히 딸 경아를 찾게 된다. 내 아이는 지금쯤? 시어머니가 내 딸을 집에서 봐주니까 그렇게 마음 아파하지 않아도 될 것을. 그래도 출근길 가방을 메고 현관을 나서면 왠지 마음 한 켠이 아프다. 어차피 함께 있을 수 없는 시간에 대한 미련을 떨쳐버리지 못하고 있다.

퇴근 후 나는 뜀박질한다. 어미 얼굴도 모르는 내 아기는 시어머니만 보면 좋아라 발을 구른다. 그럴 때면 계면쩍고, 속상하고, 미안하다. 그렇지만 나는 젖병만이라도 내 품에 안고서 내 손으로 물려주고 싶어서 열일을 다 미루고 아이를 받아 안길 늘 고집한다.

어머니가 그립다.

어머니의 삶은 자식 사랑으로 점철된 구도자의 뒷모습으로도 그려졌다. 선재길 고단한 오름길을 걷다보니 더욱이나 어머니의 삶이 보이는 듯하여 가슴이 뭉클하다. 또한 이 길은 화전민들이 팍팍한 삶을 이어나가기 위해 오갔던 길이기도 하다. 울창한 오대산 숲을 걷다보니 갑자기 탁 트인 밭이 나왔다. 그 옛날 화전민들이 땅을 일구었던 곳이라고 한다. 일제 강점기 때 일본인이 운영하던 목재공장도 근처에 있다. 그 공장을 중심으로 360가구의 화전민들이 마을을 이루며 살았다. 그들은 들풀과 잡목을 태운 뒤 그곳에 감자와 옥수수를 심어 연명했었던 가난한 사람들이다.

'행복하여라, 마음이 가난한 사람들! 하늘나라가 그들의 것이다.'

하느님의 음성이 곳곳에서 울리는 듯하여 마음이 절로 기도하는 자세로 몰입한다. 낮은 하천에 임시로 만든 다리를 건는다. 잘 썩지 않는 물푸레나무나 버드나무로 다리 기둥을 세우고 소나무의 잔가지를 깔아 그 위에 흙을 덮은 게 섶다리다. 그 옛날 사람들이 만들었다는 섶다리를 체험하다보니 마음이 풋풋하다. 개울을 건너면 또 다시 시작되는 길에는 부엽토가 켜켜이 깔려 있어 어머니의 안식처처럼 포근함을 느낀다. 하늘 위로는 전나무, 신갈나무 등 늘씬한 나무들이 쭉쭉 뻗어 있다. 연둣빛 신록이 온 천지에 깔려 있는 선재길에서는 어머니의 따뜻한 음성으로 들리는 것은 왤까?

가슴 언저리가 따뜻해진다.

위로 올라갈수록 강폭은 좁아지고 물이 어찌나 맑은지 바닥이 훤히 드러난다. 거울처럼 맑은 물에 작은 물고기가 한가로이 노닐고 있다. 평화롭다. 신선이 따로 없다.

어느새 선재길 끝에서 만나는 또 하나의 도량 상원사로 오르는 길목에 와 있다.

그 길 입구에는 세조 임금이 계곡물로 목욕하기 위해 의관을 걸어 놓았던 관대걸이가 놓여 있다. 관대걸이를 지나 야생화 숲단지가 조성된 오르막을 걷다보니 수많은 계단이 놓여 있다. 그 높이가 아득하다. 한 계단, 두 계단, 수십 계단의 오르막을 밟다보니 숨이 차면서 어머니에 대한 갖가지 번뇌가 없어지는 것 같다. 드디어 높은 산언덕 상원사 법당에 들어섰다. 삼층석탑이 제일 먼저 반겼다. 눈앞에 백두대간의 넘실거리는 산줄기가 사늘하니 또한 적막하게 다가왔다. 높은 곳이라 아래동네와는 공기 자체가 달랐다.

법당에는 아이의 맑은 얼굴을 지닌 상원사 문수동자상이 있다. 그리고 마당 한 켠에 자리한 상원사 동종은 현존하는 동종 중에서 가장 오래된 종이라 한다. 법당을 돌아 약수터에서 조롱박으로 약수 물을 한 모금 들이킨다.

물맛이 깨끗하니 시원하다.

상원사에는 세조와의 일화가 있다.

— 조카인 단종을 몰아내고 임금의 자리에 오른 직후 세조가 온몸에 종기와 부스럼이 생겨 말할 수 없는 고통을 겪었다. 온갖 치료를 해도 낫지 않는 병을 고치려 상원사에서 기도를 올리던 세조는 오대천의 물이 좋아 그곳에서 종기난 몸을 씻고 있었다. 자신의 몸을 신하들에게 보이기 싫었던 세조는 마침 그곳을 지나던 동자승을 불러 등을 밀어달라고 얘기하며 "어디 가서 임금의 몸을 씻어주었다는 얘기는 하지 말라"고 명했다. 그러자 동자승은 "임금께서도 어디 가서 문수보살을 보았다는 말을 하지 마시라"고 대꾸했다. 깜짝 놀라 둘러보니 주위엔 아무도 없었고, 종기는 말끔히 나아 있었다. 세조는

크게 감격하여 화공에게 그때 만난 동자의 모습을 그리게 했고, 목각상에 새겼다. 이 목각상이 바로 상원사의 문수동자상이며 법당에 모셔져 있다.

아는 만큼 보인다는 말을 실감한다. 불상의 머리는 양쪽으로 묶어 올리고 앞머리는 자연스럽게 내려 이마를 가렸다. 또 양 볼이 도톰해 천진해 보이며 이목구비는 온화하여 오늘날 귀요미를 연상시켰다.

이제 상원사를 벗어나 적멸보궁에 오른다.

경아의 마지막 목적지는 적멸보궁이었다.

숲은 빼곡하고 물소리가 청아하다. 하늘 한 점 보이지 않는 우주 공간에 매달려 그저 자연과 한몸이 되고 있는 느낌을 받는다.

'어머니께서 저 하늘에서 잠시 내려오시려나보다.'

적요한 적멸보궁에서 어머니의 극락왕생을 발원하는 제를 올린다.

법당에는 사바세계에서 지은 죄를 참회하는 신성한 아미타경의 독경소리가 아득한 곳에서 밀려와, 마음에 공명을 일으킨다.

— 아미타불, 아미타불. 이 소녀 외람됨을 무릎쓰고 부처님 전에 삼가 아뢰옵니다. 이 소녀 박복하여 코로나19 확진자로 일찍 어머니를 저세상으로 보냈습니다. 이 소녀 지은 죄 많사오나 부처님의 자비로 용서를 비오며 어머니의 극락왕생을 비옵나이다.

경아의 눈에서는 이루 말할 수 없는 회한의 눈물이 주르르 흘러내렸다. 어머니에 대한 불효를 씻을 길 없어 애간장이 다 끊어지는 것 같아 무척 힘이 들었다. 법당에서 물러난 후 뜰에 내리는 저녁 해를 한참 밟고 서 있었다. 그때 휘파람새가 '휘포르르' 소리를 내며 산등성이를 날고 있다. 어머니의 혼백인 듯싶어 슬피 바라보았다.

그때 주지스님께서 부르셨다.

"보살님! 차 한 잔 들고 가시지요."

주지스님께 두 손 모아 합장하며 인사드린 후 선방으로 들어섰다. 깨끗하게 정돈된 방에는 다기가 정갈하게 상 위에 놓여 있다. 스님은 차 주전자를 꺼내어 찻잎을 나무 숟가락으로 한 숟가락 넣고는 화로에 올려놓은 더운 물을 부었다. 그리고는 찻잔을 꺼내어 무명수건으로 닦으면서 차를 권했다.

"가만히 보아하니 보살님에게는 관음상이 보입니다. 부디 사바세계에서 공덕을 쌓으십시오."

"스님! 코로나19 열차에서 어머니를 저세상으로 보내고 지은 죄가 많사옵니다."

스님은 사정을 잘 이해한다는 표정으로 고개를 몇 번이고 끄덕였다.

"보살님의 댁은 어디십니까?"

"서울입니다."

"보살님께서 이곳까지 오게 된 데는 다 인연이 있는 게지요. 인연의 법칙이란 눈에 보이지는 않지만 해와 달의 움직임보다 더 분명한 것입니다. 이러한 인연은 세세생생 이어가며 그 결과가 어떤 형태로

든 나타나게 된다는 것이지요."

경아는 어머니와의 인연을 잠시 생각해보았다.

이곳 오대산 적멸보궁은 석가모니의 진신 사리를 모시는 전각으로 불상을 따로 모시지 않고 불단만 있는 것이 특징이다. 우리나라 5대 적멸보궁 중 하나로 그 품위가 높다 할 수 있다. 그래서일까? 스님께서 한 말씀을 덧붙인다.

"어머님의 공덕이 크다 할 수 있습니다."

"나무관세음보살."

두 손을 모아 스님께 합장을 하고 물러났다.

어머니의 혼백을 적멸보궁에 모셔두고 내려오다보니 상원사 스님께서 저녁 예불을 알리는 범종을 치고 계신다.

"댕그랑, 댕그랑."

울림의 파장이 크다. 청아한 범종소리를 들으니 마음이 숙연해지고 텅 비어가는 느낌이다. 상원사 법당 뜰에는 검은 산 그림자가 가득하다. 산 그림자를 안고 서 있다보니 빠른 시간에 사방이 어둑해졌다. 급히 대기하고 있던 차로 월정사로 내려왔다. 월정사는 초저녁 어둠속에서 불빛으로 서서히 살아나고 있었다. 사월 초파일 연등행사가 한창이었다. 등대를 세워서 각종 깃발로 장식하고 휘황찬란한 연등을 달아놓았다. 강에는 연등을 실은 작은 배를 띄워놓았고 온 누리가 연등 일색으로 아름다운 세계로 들어와 있는 느낌이다. 경아는 초롱에 등불을 밝히고 수십 차례 팔각구층석탑 주변을 돌면서 기도를 바쳤다. 불효를 참회하고 어머니께서 이승에서의 삶을 마치고 다시는 육도에 윤회하지 않고 극락세계에서 왕생하기를 바라는 간절한 마음을 담아 빌고 빌었다.

기도하는 동안 지난해 어머니와 함께 연등축제에 다녀온 추억이 새롭다. 작은 연등, 연등에 가족의 소원을 담아 하늘 그네 줄에 매달던 추억이 산등성이 등성이마다 동그란 등불로 색색의 불빛으로 물들었다. 추억은 아름다운 것이다. 경아는 순간순간 어머니와의 추억을 더듬다가도 기나긴 구도여행을 떠난 선재동자처럼 순수함에 목이 메워왔다.

생각해보면 경아가 어릴 적에 음력 사월 초파일이면 시내 곳곳 가로수에 연등이 달렸다. 12월 초하루 달력 장을 넘기면서부터 길거리 크리스마스 송으로 성탄절이 찾아와 가슴을 설레게 했었다. 연례행사처럼 성탄절 카드를 만들기 위해 하얀 켄트지를 사각으로 자르고 반으로 접어서 연필로 밑그림을 그렸다. 초록색 긴 삼각형의 크리스마스 나무를 제일 먼저 세웠다. 그 위에다가 주렁주렁 색색의 양말들을 별모양도 크고 작게 오려넣었다. 포장된 선물상자까지를 바닥에다 놓으면 그녀의 인생처럼 모든 게 끝이 났었다. 그러면서 착한 일을 해야만 산타할아버지께 선물을 받을 수 있다는 희망이 있었다.

그 다음은 누구에게 카드를 보낼까 고민도 하게 되고…. 지금 또한 지난 시간들을 되새겨보고 있지만 살아오면서 가장 크게 웃었던 순간들을 기억해내었다. 슬픔에 젖어 울먹이고 있을 때도 떠올랐다.

누군가 내 어깨에 손을 얹어주고 도닥거려주었던 장면들까지도 기억의 책갈피에서 끄집어내어 확인하는 과정을 거치게 된다.

때로는 둥글게 앉아서 하는 짝 찾기 숫자 게임에서 그녀가 쑥스러움에 머뭇거리고 있을 때가 있었다. 그때 다가왔던 이웃들을 세심하게 보살펴주셨던 선생님들의 손길도 다시금 꺼내보다보면 미소를 짓게 되는 순간들이 찾아들게 마련이었다.

곁에 아무도 없을 때 나도 모르게 연락을 취하던 순간순간들이 있었다. 그 순간들에는 어김없이 그 사람들이 있었다. 가끔은 마음속에 밀어처럼 숨겨둔 비밀의 문들도 열어보게 되었다. 특히 그녀가 사춘기에 접어들면서부터는 이성에 깜짝 놀란 심장의 고동소리까지도 기억해내고 나면 예기치 못한 슬픔도 함께 따라오기도 했었다.

하늘나라 우체통으로 부쳐야 했던 할머니의 선물을 어쩌지 못한 채 가슴에 품고 있을 때였다. 경아는 어머니의 직장생활로 할머니의 도움을 많이 받았다. 가끔은 짝사랑이기도 했던 남자친구도 있었다. 수도 없이 서성이던 추억들을 밤새껏 끄집어내고는 좋아라했다. 다음날 우체국에 가서 카드를 부치고 돌아오면 코가 붉은 루돌프 사슴들이 끄는 썰매를 상상하며 카드를 배송하는 산타 꿈을 꾸었다. 시간이 지나면서 기다리던 답장이 닿지 않아 속상해하면서도 아주 엉뚱한 친구에게서 뜻밖의 관심에 경아는 소스라치게 놀랐다.

세상은 이런 것이야! 짠~ 하며 요지경 속 거울을 그녀 눈앞에 들이대곤했다.

그러고 나면 어느새 겨울은 깊어가고 스키장에서 스키 연습에 몰두했다. 그녀의 삶에도 매년 눈 내리는 하얀 날들이 찾아들었다. 그래서 신이 났다. 크리스마스 전날에 받게 될 선물 때문만은 아니었다. 그 과정 하나하나가 중요했던 것이다. 사랑하는 가족이 있고 언제나 지킴이 어머니가 곁에 있었으니까 행복했다.

그러나 어머니의 질문은 그녀를 당황하게도 했다.

"경아야! 매년 사월 초파일에 연등을 달고 성탄절에 카드를 만드는 이유가 뭐라고 생각하니?"

"어떤 말은 간단해도 아주 힘이 세거든요."

"응?"

"괜찮아, 미안해, 보고 싶어. 소원을 빌어요 등등… 말이에요. 그날만은 숨겨두었던 말들을 할 수 있잖아요?"

"와우, 빙고!"

경아는 그때 '우린 이 세상에 아주 간단한 말을 주고받기 위해 태어나는 것 같다'고 말하고 싶었는지도 모르겠다. 그것도 기억을 더듬기 위해서였다고 고백하고 싶었다. 또는 자신에게 고마웠던 사람들을 잊지 않기 위해서라고 그 많은 말들을 하고 싶었다.

연꽃등을 닮은 크리스마스 카드를, 카드를 닮은 연꽃등을 만들던 추억이 새록새록 피어났다. 한지로 만든 총 12장의 붉은 꽃잎과 4장의 녹색 잎으로 연꽃등을 소원지에다 글씨를 써서 연잎 안에다 살며시 밀어넣고 해가 지면 초에 불을 붙이면 된다. 대문 앞에다 걸어놓고는 집안에 나쁜 기운이 사라지기를 기다리고 가족들의 소원을 들어달라고도 빈다. 그러다가 밤에 비가 오는 날이면 비에 젖은 등을 바라봐야 했다. 심한 바람으로 연등에 불이 붙기도 했다. 안타깝게도 소원 등이, 공들인 소중한 것들이 순간 사라지는 것을 경험했었다. 울고불고 눈이 발갛게 토끼 눈이 되었다.

그러나 매번 이런 과정을 겪다보니 그때 배웠다. 지나간 것에 너무 연연하지 말자고 그럴 때는 그냥 놓는 것이 한 방법일 수 있다고. 열심히 노력해도 안 되는 것이 이 세상에는 얼마든지 있다는 사실을 어렴풋이 깨달았다. 인생은 고해라고 어른들의 말씀이 떠올랐다.

애늙은이가 되어가고 있었는지도 모르겠다.

“엄마! 왜 절에서는 연등을 달죠?”

“연꽃은 말이야. 진흙 속에서도 고귀하게 꽃을 피우니까. 불교에서는 수행자의 덕목을 연꽃에 비유하곤 한단다. 연꽃처럼 수행자 역시 세속의 번뇌에 물들지 않고 붓다의 가르침대로 맑고 향기롭게 피어나 세상을 정화하라는 의미일게야.”

“그렇게 깊은 뜻이 있는 줄은 몰랐어요.”

“과학적으로 설명하면 연꽃은 표면을 미세하게 덮고 있는 솜털 때문에 진흙에서 피어나도 그 더러움이 잎이나 꽃에 묻지 않는다. 이러한 특성 때문이기도 하고 불교에서 연꽃이 갖는 상징성 때문에 연꽃을 만날 수 있는 대표적인 장소로 사찰을 꼽지.”

코로나19 확산으로 어머니를 떠나보내고 집으로 가는 길은 궂은 환경 속에서도 아름답게 피어나 향기를 전하는 연꽃 길이길 바라본다.

어머니의 일기장을 뒤적거린다.

해질녘 연초록 짙은 낙산사
산등성 구비 구비마다 밝혀놓은 연등 꽃길을 걷노라면
추운 겨울을 이겨온 피고 지는 꽃잎들과
어려운 시기를 거쳐 씩씩하게 숙녀로 훌쩍 자란 딸에게 감사한다.

한해 한번 만나는 연등행렬과 눈이라도 마주치고 걷다보면
작은 천국에 들어온 듯 잔잔한 행복감이 느껴져
고맙고 고마운 마음이 물결친다.

지난 날 혹독하게도 시렸던 겨울이 고맙고
오히려 지난 날 아픔을 견디고 살아낸 딸이 고맙고 고맙다.

세상은 지난 날 어미에게는 거친 바다였었다.
그러나 딸과 함께 길을 나서니 세상은 온통 연등 꽃길이다.

딸이 부처고, 관세음보살님인 것을
나 이제야 깨닫는다.

어머니의 영상 속에는 늘 경아가 있다.

그리고 보니 지난해 시월 연휴가 생각난다.
"경아야! 이번 연휴에는 시간을 낼 수 있겠어. 좀 걷자."

"응, 엄마! 친구랑 미팅 약속 있는데…. 다음에 하지 뭐."

"어디면 좋을까? 1박 2일로?"

"푸른 바다가 있는 산길이면 좋겠어요?"

"그래, 찾아보자. 지난해 경주여행도 좋았지? 모녀가 떠나는 고적답사라?"

"참 엄마는? 늘 가르치는 선생님 같아? 난 멍 때리는 분위기면 좋겠어. 중간고사 마치고 머리가 좀 복잡해."

"엄마도 마찬가지야! 만만찮아?"

어머니 자동차 열쇠를 받아들고 양양 낙산사로 출발했다. 서울서 양양고속도로가 뚫려 운전할 만했다. 다만 산등성을 터널과 터널을 연결시켜놓아 시간은 단축되었지만 차창으로 볼거리가 적어 아쉬웠다. 실보다 득이 많다면 좋은 세상이다.

숙소에 짐을 풀고 양양 해변가로 나왔다.

"이게 뭐지?"

바다에 커피원두를 볶는 냄새가 맡아졌다.

"커피 한 잔 어때?"

"좋아요, 엄마. 기름 값은 엄마가 냈으니까. 커피는 내가 살게."

"그래. 주머니돈이 쌈지돈이지 뭐?"

"치! 용돈으로 줬으면, 딴소리 말기예요."

모녀는 서로 마주보며 빙긋 웃었다.

'언제까지 모녀 둘이서 재잘거리며 여행을 떠날 수 있을까?'

잠시 생각했다. 원두가 커다란 가마솥에서 희뿌연 연기를 뿜으며 숯불로 로스팅되고 있었다. 놀랍다. 친구들과 해외여행을 가서 일본 고베 '하기하라'에서 맛본 커피 맛이 생각났다. 그날 커피점의 문화 역시 감동과 충격으로 안겨왔다. 항구를 중심으로 고급 커피사업이 엄청나게 발전해 있었다. 예전에 우리나라 커피 시장의 95%가 동서 커피믹서가 전부였으니까. 그리고 시간이 흘렀다. 숯불로 커피를 볶는 고베를 다녀오면서 커피의 매력에 이끌렸다. 그런데 시간은 빨리도 흘렀다.

"경아야! 천천히 맛을 음미해봐. 꽤 괜찮을 걸."

"아하! 바로 이 맛이군요. 쌉싸름하면서도 맑은 차를 한 잔 마셨을 때처럼 뒷맛이 아주 깨끗해요. 이 맛을 잊고 살았는데 세상에나 여기서 다시 맛보다니요? 커피도 과일이니까 단맛이 살짝 있어요. 그 단맛이 산과 조화를 이뤄 새콤달콤해지는 건가요?"

"빙고!"

"엄마는 못말려! 나도 엄마를 언제쯤 닮아가려나?"

낙산사 의장대에 오르니 멀리 산 고개 너머 기와로 지은 홍련암이 보였다. 파란 바다 귀퉁이에 놓여 있어 마치 큰 새둥지를 험난한 바위에다 틀어놓은 것 같다.

"경아야! 저기 홍련암은 우리나라 3대 관음기도 사찰 중 하나야. '옛날의 기쁨이 바로 근심의 시작'이라는 일연 스님의 말씀이 저곳에서 나왔지. 『삼국유사』「조신의 꿈 이야기」도, 이광수의 『꿈』으로 재탄생된 사찰이기도 하단다."

애쓴 보람이 있었다, 어머니의 깨알 같은 고적답사도 함께….

홍련암, 마루바닥에 작은 문이 하나 있다. 신기해서 법당에 엎드려 나무 빗장을 열어보았다. 보타굴로 동해의 바닷물이 드나드는 모습에 놀랍다. 마루바닥에 빗장이 있다는 사실에 마음이 쿵쾅 뛰었다. 누군가의 속마음을 들여다보는 게 이럴까 싶다. 순간 먼 바다 저 깊은 동해의 바닷물 속에서 홍련을 타고 솟아오르는 관세음보살을 그려보았다. 관세음보살상이, 바다 근처 험난한 바위가 가파르게 솟아 있는 곳에 머물러 계시기 때문일까. 추억은 진귀한 것이다.

푸른 숲들은 대지가 품는 기운으로 싱싱하니 살아나면서 오대산 불교성지는 관음보살상으로 어머니를 잃은 경아를 반긴다.

이 시대 어느 초라한 영혼들을 흔들어 깨우는 소리가 있어, 있네.
도회지 교회 첨탑 꼭대기에서 조용히 울려퍼지는
은은한 새벽 종소리가 내 안에 깃들일 때

목마르게 구원을 외치는 성직자의 기도소리가 있어, 있네.
깊은 계곡을 타고 흐르는 물소리가 하늘 높이 들고 나는 새소리가
산사의 독경소리가 내 안에 깃들일 때

들숨날숨으로 숨그네가 대지의 텅 빈 시간을 채우고 있어, 있네.
저 아득한 하늘 끄트머리
텅 빈 영혼이 깃발처럼 심하게 나부낄 때

코로나19가 아니래도 우리 모두 이슬로 곧 사라질 운명인 것을
영롱한 새벽빛으로 재촉하는 저 음은
낯익은 어머니가 들려주던 옛 마음의 교향곡이었다네.

그 즈음에 의사 한수와 친구 간호사 민아는 다영이가 지금껏 흘린 땀과 열정과 순수에서 어서 빨리 일어나기를 어려운 고비를 조바심 내며 너무 빨리 좌절하지 않기를 그들은 빌고, 또 빌고 있다.

제4장 서라벌역
역신

19열차에서는 경아를 비롯하여 소수의 확진 완치자들이 오대산역에서 내렸다. 열차의 지붕은 둥근 돔 모양으로 통유리로 되어 있어 바깥풍경이 위 양옆으로 통째로 눈에 들어온다. 아름다운 건축물은 건강과도 밀접한 관계가 있다. 세계적인 건축가에 의해 특별히 제작된 열차다.

그래서 병실 안에서 바깥 빗소리, 계곡물 흐르는 소리, 새소리 등 자연의 소리도 가끔 귓가를 간지럽힌다. 키 작은 야생화 단지가 있는 산언덕에서는 연보라, 하양의 작은 꽃으로 수를 놓은 산비탈 들판을 보았다. 밤마다 하늘나라 별밭에서는 누워서 별을 줍는 체험까지도 가능케 한다.

한편 요한 신부는 광화문역에서 확진 중증환자로 '19열차'에 탑승했다는 사실이 믿기지 않았다. 『눈먼 자들의 도시』에 등장하는 눈먼 남자들처럼 어느 날 우연히 음압병동에 실려와 감금되고 말았다.

"움직이지 마! 이제부터 당신이 할 수 있는 일은 없어."

'헉! 이럴 수가….'

성당에서 매일 미사를 집전하던 주임신부의 역할이 무색하다. 신자들에게 존경을 받던 그로서는 일순간 기가 막힐 노릇이다. 사제의 길을 걸어오면서 이런 푸대접은 처음이다. 허나 전염성이 강한 역병은 모두를 두려워하게 한다. 무서운 게 현실이고 통증도 변화무상하다.

그 끝을 알지 못하는 상태다. 차창 밖 영주 부석사 주변의 과수원에서는 사과나무에 흰 꽃이 지면서 푸른 사과가 주렁주렁 앞다투어 열리고 있다. 우리나라 산촌 봄 풍경이 한 폭의 그림으로 평화롭게 놓여 있다. 외양간에는 얼룩배기 황소와 그 어미소를 닮은 송아지가 있다. 알록달록 칠을 한 낮은 슬라브 주택의 지붕들은 안정감을 주면서 빨리 집으로 돌아가고 싶다는 귀소본능을 일으키게 한다.

영주를 거쳐 안동으로 열차는 지나간다. 퇴계 이황 선생님의 숨결이 느껴지는 도산서원의 기와지붕들이 그들을 멀리서 반겼다. 이처럼 환자가 침대에 누워서 바깥 풍경을 본다는 것은 얼마나 호사인가. 시시각각으로 환자의 상태를 확인하는 의사와 간호사의 긴박한 눈길은 또 얼마나 복받은 인생인가.

그럼에도 불구하고 다영이는 코로나19에 감염된 뒤 급격하게 나빠져 코마 상태로 의식이 깨어나지 못하고 있다. 다만 요한 신부의 육체는 플라스틱 관에서 그의 의식은 깜박거린다. 주님의 부르심을 기다리며 영원한 생명을 준비하는 중이다.

그즈음 갑자기 시야가 확 트였다. 바다가 차창으로 넘실거리고 있다. 갯내가 훅~ 하고 코끝으로 밀려오는 것 같다. 겨울철 영양보양식으로 과메기를 먹던 기억이 되살아났다. 그와 동시에 붉게 떠오르는 태양이 서서히 포항 바다 위에서 휘청거렸고 드디어 온 세상이 환하게 밝았다.

만약에 태양이 사라진다면 지구엔 무슨 일이 펼쳐질까를 상상하면 아찔하다. 광합성을 기대할 수 없을 것이다. 중력이 사라지고 얼음왕국으로 변할 것이다. 태양은 뜨겁고 지구는 둥글다. 둥근 지구를 태양이 적당한 거리에서 감싸안고 있다. 이는 우리가 살며 느끼는 아름다운 관계다. 사랑하는 사람 사이에도 적당한 거리조절이 필요한 이치와 같다. 그때 정신이 번쩍 들기라도 하듯 열차는 바퀴의 마찰음을 내며 쉼 없이 남으로 남으로 치닫고 있다. 그러다가 열차가 서서히 속도를 줄이고 있음을 그는 알아차렸다.

도착할 목적지에 닿았을 즈음에 빵~ 울림소리를 허공에 던지며 열차가 스르르 멈췄다. 요한 신부는 의식적으로 주변을 살폈다. 차창으로 주작대로를 따라 길게 늘어선 기와지붕이 보였다. 그 사이에 우뚝 솟은 황룡사 9층 목탑이 먼저 눈에 들어왔다.

“서라벌이다!”

감탄사와 함께 월정교 다리 너머로 보이는 남천의 푸른 물결이 눈부시게 반짝인다. 거리를 다니는 신라인의 모습까지도 정겹다. 마치 자신은 8세기 신라에 온 듯 착각을 불러일으킨다.

'아~흐! 여기가 어딘가?'

'주님! 불쌍한 이 영혼을 돌보소서.'

역 광장에는 턱수염과 팥죽색 피부를 닮은 자들이 광장에 한 가득이다.

'이건 또 다 뭔가?'

놀란 나머지 얼굴에 성호경을 그으며 요한 신부는 눈을 크게 부릅떴다. 어느새 '빅토르 위고 위령'이 자신의 그림자로 변장술을 발휘하면서 딱 붙어 있다.

'거추장스럽군.'

몸을 크게 흔들어 멀리 따돌리고 싶지만 그리 넉넉하지가 않다. '빅토르 위고 위령'의 속내는 알다가도 모를 일이다. 역 광장에 무리지어 있는 이 사람들은 흰색·파란색·검은색·붉은색·노란색의 오색 의상까지 받쳐 입고 있다. 팥죽색 피부에 하나같이 모두들 치아까지 하얗다. 그런가 하면 납 구슬을 단 주석 귀고리가 귀에 익살스럽게 매달려 있다. 흔들흔들 좌우로 어깨를 흔들 때마다 우스꽝스럽게 공중에서 덩실덩실 춤을 추고 있다.

그때야 요셉 신부는 그 무리를 알아차렸다. 팥죽색 피부를 가진 관을 머리에 쓴 자에게 먼저 다가가서 인사를 청했다.

"처용 나리들이 아니십니까?"

"어떻게 저희들을?"

"계면스럽지만 어릴 적 고전 퍼즐 놀이를 즐긴 탓인가 봅니다."

머리에 관을 쓴 서역인 우두머리 처용은 예를 갖춰 깍듯하게 요한 신부에게 인사를 했다.

"저는 통일신라시대 헌강왕 때 사람으로 처용이라 하옵니다만."

"저는 요한 최영수 신부라 합니다."

"아하! 천주교 신부님이시군요. 로마 바티칸 성당을 저희는 잊지 못하지요. 저희와는 무척 가까운 국경에 있습죠."

"그래요. 그런데 그대들은?"

"코로나 역병이 떠돈다기에 다시 찾아와 뵙습니다만."

"이렇게 고마울 때가 또 있나?"

"별 말씀을요."

요한 신부는 세상 천지에 희한한 일도 다 있다고 의심을 하다가도 현실이 이러하니 별 수 없었다.

"자네들은 달 밝은 밤이면 서라벌에 나가 춤추고 노니다가 어느 날 행방을 감춘 인물들이지 않은가. 그때는 왜 달아났나?"

처용은 허리를 조아리며 놀람을 금치 못했다.

"달아나다니요? 난민으로 중국 당나라를 거쳐 신라로 도망온 뒤 서라벌 처녀와 결혼해 정착했었죠."

"정착을?"

요한 신부는 경솔한 자신의 질문에 멋쩍어했다.

"당시 저희는 역병에 걸린 신라인 아내를 치료했을 뿐입니다."

"세상천지에 천연두에 걸린 아내를 그 익살스러운 남녀의 정사 장면으로 표현하다니?"

"그러게요. 재치와 익살이 대단한 신라인들입니다. 게다가 저희 얼굴 형상을 대문에 그려 붙어놓았습니다요."

"아하! 역병과 나쁜 운을 물리치라는 그 부적 말인가요?"

"저희 난민들을 이렇게 극진하게 대접을 하다니요?"

"나라 상호 간의 신뢰는 예나 지금이나 참으로 소중한 것이잖습니까?"

처용이 고개를 숙이며 고마움을 표하자 납 구슬을 단 주석 귀고리가 귀에 익살스럽게 공중에서 춤을 췄다.

"그런데『삼국유사』에 보면, 개운포에서 자욱한 안개와 함께 헌강왕 앞에 나타난 자들이 동해 용왕과 일곱 아들이고 그 가운데 막내를 경주에 데려와 벼슬을 주고 아름다운 아내를 맞이하도록 했다라고 기록하고 있어요. 당시 개운포는 어디죠?"

"개운포는 지금의 울산입니다. 통일신라시대 무역항으로 번성하던 곳이죠. 당시 저희 난민은 그곳에서 배를 타고 건너왔습죠."

"그리고 보면『삼국유사』에 나오는 용왕님의 행차가 바로 바다 건너 나라간 국제무역을 하였다는 이야기가 됩니다, 그려."

"아, 네…."

"아하! 처용가의 엉킨 실타래가 조금은 풀리는 것 같습니다."

당시 코로나 역병과 같은 국가적 재난상황에서 서역인들은 역병에 대한 대처법을 잘 알고 있었다. 그리고 페르시아 사막으로 둘러싸인 환경에서 살아온 그들에게 신라는 낙원이었을 것이다. 신라에 와서 영구 정착한 서역인들이 있는 것을 보면 괘릉과 용강동 무덤 앞에 있는 무인상이 바로 그들인 것이다. 그렇다면 통일신라가 단순히 폐

쇄적인 사회가 아니라 난민을 받아들인 국제교류를 했던 글로벌 국가라는 사실이 곳곳에서 증거로 나오고 있다.

아직도 이 땅에서의 요한 신부가 풀어야 할 숙제가 남아 있는지도 모르겠다. 이번에도 '빅토르 위고 위령'이 수없이 펼쳐진 능선이 있는 왕릉의 잔디밭으로 그를 데려왔다. 녹색의 물결이 온 천지를 물들이고 있고 흐르는 강물을 따라 더욱 선명한 모습으로 서라벌이 재탄생되고 있는 지점에 와 있다.

'원, 세상에! 빠르기는….'

교각과 상판만으로 구성돼 있던 기존의 '월정교'가 그 옛날의 맞배지붕과 양쪽 2층 높이의 문루도 한눈에 들어왔다. 사라진 도시, 천년 고도의 서라벌이 되살아나고 있었다.

세상은 진정 마술이다.

우리 자신이 그 안에 살고 있지만 누구나 다 볼 수 있는 것은 아니라고….

신라 8세기경 최고 번성기의 인구는 100만 명이 넘었다. 서라벌은 179만 호가 거주한 세계 4대 고대 도시 중 하나였다. 중국의 장안, 동로마의 콘스탄티노플, 이라크의 바그다드와도 같은 곳으로 손꼽혔다. 기와집이 일직선으로 장방형 줄을 선 주작대로의 옛 모습은 정말 장광이다.

그래서 시간은 견고한 역사의 매듭이라고 했던 것이다.

서라벌이 고향인 그는 4살 아래 동생 최한수와 남산을 쏘다녔다. 그런가 하면 이웃에 사는 다영이도 함께였다. 다영이의 아버지는 고고학자였고 그들 셋은 남매처럼 붙어다녔다. 그럴 때마다 신라인의 속살이 신라인의 숨결이 되살아나곤 했다. 남산을 기단으로 삼아 한국에서 가장 높은 탑 '용지사지 삼층석탑'을 세운 불교의 나라다. 서라벌의 경관은 장엄한 역사의 산물일 수밖에 없다. 서라벌의 앞마당이라고 부르는 남산 모퉁이를 돌 때마다 해맑은 미소를 머금은 순진한 아이의 얼굴을 닮은 돌부처들과도 마주 쳤다. 누가 먼저라 할 것 없이 돌부처를 향해 크게 소리쳤다.

"나무관세음 보살!" "나무관세음 보살!" "나무관세음 보살!"

그 소리는 산울림이 되어 세 명의 개구쟁이들에게로 되돌아왔다. 눈에 보이는 듯 손에 잡힐 듯 우리의 문화가 이집트의 돌문화 피라미드와 견줄 수는 없다. 하지만 우리의 소박한 것이 진귀하다는 이야기가 된다. 게다가 청소년기를 보내며 시내 곳곳에 무수히 많은 엄청난 크기의 왕릉 사이를 넘나들면서 숨어버린 역사의 뒤안길을 찾아 헤매기도 했었다. '처음과 같이 이제와 항상 영원히', 과거와 현재와 미래가 혼재하는 이곳 1,500년 전 신라인 무덤에서 장신구가 나올 때마다 그들의 어머니들은 크게 환호했다.

"요한아! 세상에 진귀한 것들이 이 땅에 가득하더라. 놀랍지 않냐?"

"어디를 다녀오셨나요?"

"최근에 발굴된 고분에 다녀왔다."

"아, 네. 다영엄마와 함께요?"

"그럼, 이번에 발굴된 고분에서는 지금껏 한번도 본 적이 없는 여자 장신구들이 가득해서 얼마나 놀라운지 몰라.”

“저도 궁금하네요?”

“기회가 곧 올 거야. 경주에 산다는 게 뭐야? 고대 진기한 것들을 가까이서 볼 수 있다는 게 아냐? 지금 우리 눈에 보이는 것이 전부가 아니라는 이야기지. 이곳 지하세상은 한마디로 황금빛 천국이었어.”

이번에 발굴된 커다란 금 귀걸이와 반지, 팔찌, 목걸이 같은 장신구가 어머니들의 마음을 또다시 달뜨게 했다. 세상은 참말이지 요지경 속이다. 그 뿐만이 아니었다. 계림 고분 주변의 민가를 이전시키고 하수도 공사 도중에 발굴된 국보급 ‘수레 모양의 토기’는 유목민 만주벌판을 생각하게 하는 마술의 힘이 분명했다. 발굴현장에서 비지땀을 흘리고 계신 다영이아버지가 마주하는 세상은 다른 사람들의 세상과는 달랐다. 주머니가 많은 작업복에 숟가락, 돈가스 칼과 돋보기, 실뭉치 등을 지니고 다녔지만 그 세계는 놀랍고도 깊었다.

서라벌에서 장마가 지나가고 무너진 무덤에서 출토된 갖가지 흙으로 빚은 다양한 모양의 토용들이 개울을 따라 얼굴을 비췄다. 그럴 때는 놀라운 일이 벌어지곤 한다. 다영이는 아버지의 연구실에 몰래 들어가서 상자 안에 조사차 보관되어 있는 토용들을 가지고 나와서는 그들 형제들을 불러내기도 했다. 세 명의 악동들이 이상한 나라의 엘리스가 되지 말라는 법은 없었다. 토용은 귀엽기가 장난감 같았다. 노란 머리 서양인형을 눕히면 눈 감고 일으키면 눈 뜨는 인형과도 비교가 안 되었다.

토용은 진흙으로 만든 작은 인형들에 불과했지만 입술을 손으로 가린 신라 여인은 소박하다. 사랑을 나누는 남녀와 출산 직후의 여인의 모습은 사실적이다. 천으로 덮고 있는 죽은 남편의 시신을 부여잡고 슬퍼하는 여인은 마치 미켈란젤로가 조각한 〈피에타〉를 연상시켰다.

옛 신라인들의 감정은 어린아이처럼 진실하고 솔직했다.

뿐 아니라, 턱에 수염이 난 서역 상인들도 그 당시 토용으로 출토되었다. 흥미진진한 것들이 시내 곳곳에 그득 쌓여 있었다. 서라벌은 현재와 과거가 서로 혼재된 공간이었다. 그들에게 늘 가까이 보고 자란 무덤들은 크고 높은 것일까라는 경외감을 불러일으켰고 신비함의 대상이었다. 그러던 것이 당시 나라 대통령의 지시로 고대 왕들의 무덤 발굴작업이 시작되었고 대형 건설장비가 동원되어 야간작업도 가능했다.

극성을 부리던 1973년 8월, 날씨는 가물고 폭염 속에서 발굴작업은 계속되었다.

발굴 즉시 유적이 햇빛에 노출시키면 부식이 되는 등 위험했기 때문에 발굴단은 초조했다. 은으로 만든 제품은 갑자기 햇빛을 받으면 가루 상태로 신기루가 되고 만다. 자칫 습기가 남아 있으면 자색 녹으로 순간 요술을 부리기도 하고 중요한 유물이 순간 자취를 감춘다. 그 때문에 조심조심 천 년 넘게 가려진 진흙층 작업은 자칫 잘못하면 모두가 헛수고로 돌아가게 된다. 그렇게 해서 황금빛 지하왕국은 2년 4개월의 긴 시간 속에서 발굴작업을 끝낼 수 있었다. 덕분에 최고조의 의구심과 열정이 만들어낸 획기적인 발명품들이 쏟아져

나왔다.

고분 미추왕릉에서 발굴된 〈미소 짓는 상감〉은 모두를 놀라게 했다. 상감의 작은 유리구슬 속 정후면에 모두 여섯 명의 인물과 여섯 마리의 백조와 두 개의 나뭇가지 무늬로 장식되어 있었기 때문이다. 그들 인물들의 얼굴 또한 백조가 사는 북방계 백인종 아리안이라는 사실도 밝혀졌다.

곧이어 출토된 〈황금보검〉의 붉은 석류석 보석은 동유럽 것으로 아름답기가 눈이 부셨다. 소용돌이 문양과 로만 글라스 유리병 또한 신라에서는 존재하지 않는 값진 것들이었다. 유리병은 지중해 주변에서 비단길과 바닷길로 신라에 전해진 것이기에….

이는 세 명의 꼬마 악동들에게 동로마에 대한 커다란 상상의 날개를 달아주었다.

원래 귀걸이와 반지, 팔찌, 목걸이 같은 장신구는 그리스 로마에서는 필수적이나 동아시아 문화권에는 거의 관심 밖에 있다. 로마 전성기는 실크로드로 통해 신라와 로마의 연결고리로 볼 수가 있다. 그리스도교의 심장이라 불리는 로마 바티칸이 시공을 초월하고 성큼 요한 신부의 눈앞에 나타났다.

성 베드로의 무덤 위에 건립된 대성당은 천국으로 통하는 십자가형 성당으로 르네상스부터 바로크에 이르기까지 수많은 예술계의 거장들이 건축했다. 그곳 고대 바티칸 박물관에 와 있는 기분이랄까. 세계는 하나라는 생각을 하게 되었다. 세계 강국 로마제국의 성공비결은 '노블레스 오블리주'였다. 모든 근대사는 로마로 흘러들어

갔고 로마로부터 흘러나왔다. 꿈같은 현장에서 그곳 동로마에서 이곳 서라벌까지 지금은 비행기를 타면 반나절이면 도착하는 곳이다.

요한 신부는 오래 전 가톨릭을 믿는 집안에서 태어났다. 할아버지가 한의사였고 동생 현수는 내과 전문의가 되었다. 아마도 어린 시절 죽음을 연상하는 왕릉 위에서 뛰어다니며 순례한 탓일까? 어머니는 두 종교를 하나의 고리로 연결하는 묵주기도를 매일 아침 저녁으로 바쳤다.

그의 모태신앙은 마음밭에 예수님을 가꾸며 살았기에 신부가 될 수 있었다.

'오직 주님만이…'

'주님! 코로나 역병을 물리칠 힘을 우리 모두에게 주소서.'

그는 속삭이듯 애원하고 있다.

내과 전문의 현수는 광화문역에서 형의 비보를 듣고 놀란 가슴을 제대로 추스르기가 무척이나 힘들었다. 게다가 서라벌에서의 추억으로 마음속에 심어두었던 다영이를 곁에 두고도 의사로서 어쩌지 못하는 자신이 실은 몹시도 미웠다. 시간이 지나면서 중증환자로 사랑하는 형마저 코로나 역병사태로 떠나 보내야 하는… 다급함이 그를 옥죄었다.

그 모두가 동생 현수의 무의식 속에서 까닭 모를 처용의 탈을 쓰고 서라벌역에서 덩실덩실 광기어린 춤을 추는 환상으로 비쳤다.

東京 밝은 달에/ 밤들이 노니다가
들어 자리를 보니/ 다리가 넷이러라.

중 3때 역사 선생님께서는 다리를 가랑이로 설명하는 바람에 얼굴을 붉히면서 책상을 두드리며 쑥스러워했던 기억이 있다. 그때 처음으로 이성에 눈을 떴는지도 모르겠다.

둘은 내해였고/ 둘은 누구핸고
본디 내해다마는/ 빼앗은 것을 어찌하리오.

요한 신부는 동생이 부르는「처용가」를 한 소절씩 듣고 있다. 꿈결이듯 지난 날의 풍경들이 한 차례씩 지나가는 것을 감지했다. 그러다가 한 영상에서 그만 소스라치게 놀라고 만다. 난데없는 장면이 눈에 스윽 들어왔다.

그가 전염병을 일으키는 코로나 역병과 잠자리를 하고 있는 게 아닌가.

이런?

그때 동생의 충혈된 눈을 보았다.

오랫동안 만나지 못한 동생이 홀로 부르는〈처용가〉의 애절함은 매우 슬펐다. 플라스틱 관에 누워 있는 자신의 몸에 구석구석 속속들이 숨어들고 있었다. 자신은 본당 성당 설립 30주년 준비로 이스라엘과 이탈리아 성지 순례를 교회 신자들과 다녀왔다. 그 후 유럽형

역신을 맞이하고는 지금 하늘나라 성문을 두드리고 있는 중이다.

동생은 동료 의료진들과 처용 가면을 쓰고 오방을 상징한 오색 의상을 입고 있다. 하늘을 향해 춤을 덩실덩실 추는 의료진 춤잡이들은 유머와 위트가 있고 호기롭기까지 하다.

"내가 공의 형을 흠모하여 죄를 범했습니다. 그런데도 공은 노하지 않으니 그 미덕에 감복했습니다. 지금 이후로는 공의 얼굴을 그린 것만 보아도 그 집에는 들어가지 않기로 맹세하겠습니다."

마침내 사제인 그가 처용의 탈을 쓴 여러 명의 의료진 속에서 동생의 슬픈 눈동자와 마주치고 말았다.

'아~흐…. 바로 너였구나!'

그날 사람들은 알 수 없는 동요에 의해 뽀얀 먼지를 일으키며 천년고도 서라벌역 광장으로 모여들고 있었다. 촛불시위도 아니고… 진실을 알리고 싶다고 알 권리가 있다고….

모두들 처용의 탈을 쓰고 있다.

"우리 여기서 먼 데로 가세." "난 싫어." "갈 수 없네." "왜 못 가?" "아직은?" "무엇 때문에?" "주님을 기다려." "아! 아직 오지 않았나?" "안 왔네." "이제 너무 늦어지는 걸." "그래, 지금은 늦은 밤이야."

그날 요한 신부는 의료진들이 춤사위를 벌이는 〈처용무〉로도 피해가지를 못했다.

다만 지난해 가톨릭 평화방송국에서 진행 중이던 〈신앙산책〉 10주간이 그로서는 최고의 날로 기억된다. 요한 신부의 강의는 사람들에게 인기가 많았다. 항상 주제의 선택이 탁월함이다.

'하느님은 왜 인간의 고통 앞에 침묵하실까.'

강의실엔 여러 대의 카메라가 움직였다. 그의 반들반들한 앞머리를 환하게 비췄다. 신자들이 객석에 앉아 뚫어지게 자신을 바라보고 있었다. 이럴 때는 항상 주님께서 자신을 통해 드러내시는 영적 선물이라 담담하게 받아들였다.

그날은 요한 신부가 읽은 책 중에서 루마니아계, 유대인 작가로 '홀로코스트 생존자'로 알려진 '엘리 비젤'의 글을 소개했다.

'엘리 비젤'은 나치의 아이스비츠 수용소에서 아버지, 어머니, 가족들을 다 잃었다. 그래서 혼자 기적적으로 살아남게 되었는데 홀로코스트 참상을 다 글로 적어냈다. '홀로코스트' 또는 '쇼아'는 제2차 세계대전 중 아돌프 히틀러가 이끈 국가사회주의 독일 노동자당이 나치독일과 독일군 점령지 전반에 걸쳐 계획적으로 이루어진 사건들을 말한다. 유태인과 슬라브족, 롬, 동성연애자, 장애인, 정치범 등 약 1천1백만 명의 민간인과 전쟁포로를 학살 한 사건이다.

— 어떤 소년이 독일군에게 어떤 잘못을 했나봐요. 그 소년을 철사줄에 목을 매달아죽여요. 발버둥치는 거에요. 그 장면을 직접 눈으로 보면서 소년은 반 시간 이상이나 그대로 매달린 채 삶과 죽음의

길에서 몸부림치며 단달마의 고통 속에서 서서히 죽어 갔어요. 모두는 소년의 얼굴을 똑바로 바라보아야만 했어요. 그 장면을 직접 눈으로 보면서 '엘리 비젤'이 그 앞을 지날 때도 아이는 살아 있었어요. 혀는 빨갛고 눈은 아직 흐려지지 않았어요. 등 뒤에서 그에게 다시 묻는 소리가 들렸어요.

"하느님은 지금 어디 계신가?"

그런데 그 순간 '엘리 비젤' 내부에서 소리가 들렸어요.

"하느님이 어디 있느냐고? 그는 여기 있어. 그는 여기 교수대 위에 목이 매달려 있는 거야."

하느님이 그 아이라는 거예요. 하느님이 모든 인간의 죄를 대신해서 지금 목 매달려서 발버둥치고 있는 그 아이가 하느님이시라는 거예요. 그런데 왜 하느님께서는 침묵하고 계시는가. 인간의 고통 앞에서, 말이에요.

우리는 지금 코로나19 팬데믹 시대에 묻습니다.

왜 하느님은 침묵하고 계시지?

하느님의 이 침묵은 그 누구보다도 뼈저리게 가슴 아프도록 느끼신 분은 하느님 당신이셨어요. 하느님이신 예수님께서 십자가 위에 매달리셔서 하느님, 당신이 이렇게 울부짖으세요.

"저희 하느님!"

"저희 하느님!"

"어찌하여 저를 저버리셨습니까?"(마르 15, 34 : 시편 22, 2)

하느님 당신께서는 철사줄에 목 매달린 소년이었어요. 그 찢어지는 연민으로 하느님께서 그 현장에 계신 거예요. 그분이 고통받는 우리 인간이었고 우리 인간들을 사랑하사, 가슴이 미어진다 하셨던 거예요.

이처럼 우리 사람들은 죽음과 관련해서 이별을 말한다. 우리 모두 죽음이란 모든 상상을 뛰어넘는 환상적인 만남이 주는 눈부신 순간이다. 삶을 충실하게 살았던 분들의 영적 체험을 우리는 기억해야 하고 이를 믿고 준비해야 한다.

그래야 잘 살다갈 수 있기 때문이다.

곧이어 요한 신부의 장례미사가….

성당 밖에는 질긴 장마가 빗줄기가 굵어지면서 지붕과 길거리 나뭇잎들을 회초리로 마구 때리고 있었다.

"후다 닥닥…."

"후다 닥닥…."

그는 동해 바닷길 소나무 숲길을 지나다가 해파랑 길섶 바닷가 폭죽이 찬란하게 피었다지는 젊은 날의 광장으로 길을 나선다. 바닷가 키 큰 소나무에 비스듬히 기대어 섰다. 그리고 검은 바다를 본다.

백사장에 모닥불을 피어올리며 친구들은 기타를 튕기고 노래를 부른다.

'조개껍질 묶어 그녀의 목에 걸고 저 멀리 달그림자….'

그에게도 좋아하는 여인이 있었다. 그러나 그의 길이 아니라는 확신이 있었다.

그것은 가톨릭집안의 내력 덕분이었다. 요한 신부의 집안은 가난했지만 오래 전에 순교하신 조상님들이 계셨다. 6·25전쟁으로 비참하게 돌아가신 황폐한 곳에서 주님 말씀을 믿었다. 신의 옷자락처럼 찬란하게 빛나던 신새벽을 그는 잊지 못한다.

신앙의 파수꾼으로 '하느님의 종' 새 사제로 탄생하는 첫 경험을 또한 잊지 못한다. 사제의 직분은 복음을 선포하는 것이다. 세상 사람들에게 행동과 증거로 모범을 보여야 했다. 특히 서품식 중 바닥에 엎드리는 후배들의 장면을 볼 때마다 그는 눈물이 났다. 예식이 장엄하고 일사분란하게 움직이는 후배 사제들의 행동 하나하나가 한 폭의 예술과 같았다. 매번 그날이 오면 후배 사제들이 훌륭한 목자가 되기길 마음을 다해 빌고 빌었다. 그리고 신앙을 통해 죽음과 이별, 믿음 등 인생에 대한 이해를 넓혀갔다.

요한 신부가 어렸을 적에 난생처음 사제 서품식을 본 그의 어머니는 큰아들이 신부가 됐으면 좋겠다는 소망을 품었다고 하셨다. 소원처럼 그것이 실현되었다. 그는 자신의 마음밭에 심은 사랑의 씨앗이 무엇인지를 계속 고민했기에 가능했다. 천주교집안이었던 할아버지와 할머니의 이야기를 통해 한국 천주교의 역사를 뼈아프게 들여다보았다.

올해는 성 김대건 안드레아 신부님 탄생 200주년이 된다.
순교자들을 통하여 이 땅에 복음의 씨앗을 뿌려주시고
특별히 김대건 안드레아를 부르시어 머나먼 타국에서
사제로 축성하시고 마침내 순교의 영광을 주셨으니 감사하나이다.

피를 말리는 투병을 했지만 한 생명이 떠나간다.
한 사제가 갈기를 휘날리며 푸른 해원을 향해
서라벌 고향땅을 빠르게 밟고 끝없이 천국으로 올라간다.

그때 한소리가 나지막하게 들려왔다.

나 무엇으로 주님께 갚으리오.
내게 베푸신 그 모든 은혜를
구원의 잔을 들고서 주님의 이름을 받들어 부릅니다.
하느님의 크신 자비로 젊은 청춘을 부당한 사제로 살도록 허락하셨습니다.
이 과분한 은총을 입은 주님의 종 죄인 십자가의 저는
그저 더없이 고맙고 송구한 마음뿐입니다.

*장례 미사 : 2020년 8월 15일(토) 오전 10시

*장례 미사 : 주교좌 명동대성당

(교구장님과 사제단 공동 집전, 유가족만 참석)

*장지 : 천주교 서울대교구 용인 공원묘원 내 성직자 묘역

※ 코로나19로 인한 어려움으로 빈소는 여의도 성모병원 장례식장으로 모셨으며 장례미사는 교구 사제단과 유가족만 봉헌합니다.

하지만 코로나 역병 사망자들에게는 이런 시간은 쉽게 허락되지 않는다. 현재까지 대부분이 70대 이상의 고령자였다. 하지만 자식들은 부모의 임종을 지키기가 쉽지 않다. 감염병의 특성상 환자는 철저히 격리된 상태로 치료를 받기 때문이다.

그날 확진자로부터 건강한 그들에게로 병균이 빠른 속도를 내고 따라오고 있었다. 사회적 거리두기에 동참하면서 망자는 사투를 벌였지만 마지막 순간 가족들은 말한다. 사랑했다고, 고생했다고, 안녕히 가시라고…. 소리 없이 울먹인다.

떠나는 이와 보내는 이는 이로 이승과 저승의 갈림길을 이 모든 현실을 조용히 받아들여 지켜보고 있다. 따라서 최대한 신속하게 화장한 뒤 장례를 치른다. 이 모든 과정은 유족의 동의를 얻지만 이생을 마치고 떠나는 고인의 손 한번 잡아주지 못하는 유족의 심정은 또 얼마나 비통한가.

제5장 자갈치역
싱잉볼 소리

사제 요한 신부의 장례미사가 끝이 나고, 다영이를 실은 19열차는 빛과 어둠이 교차하는 경계선에서 부드럽게 몸을 섞는다. 그녀는 수시로 무의식의 세계를 넘나든다. 아주 가끔은 크리스탈 싱잉볼의 영롱한 소리가 우주 공간에 울려퍼지고 편안하고 풍부한 음파진동을 통해 그녀의 몸을 이완시킨다.

누구의 귀한 손길일까.

울창한 나무숲에선 초록비가 내리고 간혹 햇살이 비친다. 먼 데서 하늘을 들고나는 뻐꾸기 소리가 잦다. 계곡을 차고 흐르던 세찬 물소리가 청아하게 들리는가 하면 간혹은 강바닥을 쓸고 급물살을 헤치며 절벽 나락으로 떨어진다.

'주님! 낮은 곳으로 임하소서.'

'낮은 곳으로….'

하늘에서는 천둥번개가 치고 자연계가 매우 위태롭다.

"우르르 꽝! 꽝!, 번쩍!"

이승인지 저승인지 모를 망연한 굉음 속으로 다영이는 깊은 잠에 빠져든다. 그녀를 지켜보고 있던 '빅토르 위고 위령'도 씁쓸하기는 마찬가지다. 장시간 잠들 그녀의 몸에 욕창이 들지 않기를 누군가 지극정성으로 돌보아주기를 지치지 않기를 한없이 갈구한다. 그의 작품『노트르담의 곱추』에 등장하는 대성당 종지기 '콰지모드'는 출생의 비밀에 쌓인 채 버림받는 인물이다. 그의 깊은 고뇌와 갈등을 첼로의 극한 악기로 빅토르 위고는 표현해낸다. 불공평한 세상에서 꼽추지만 신체적 결함 때문에 왜곡되는 그의 삶을 애잔하게 승하시킨 그도 어쩔 수가 없는 모양이다.

벽장 속에 감춰진 그녀의 무의식은 시간이 지나면서 한기를 몹시 느끼고 있다.

세상 밖은 장마가 지나가고 짙은 황금빛 들판으로 가을빛이 온 세상에 널려 있다. 열차 안 TV 화면에는 여전히 확진자 숫자가 현황판에 알뜰히 기록된다. 세계인의 코로나 역병 소식은 차창 밖 가을 들녘을 슬프게 물들이고 있다. 높은 산악지대를 지나다보면 기압으로 귀가 아파오듯 풍력계의 강한 울림도 예사롭기는 마찬가지다.

저 아래 세상과 그녀는 완전히 격리되어 돌아간다.

그녀의 목숨은 들숨날숨으로 왔다갔다 하면서 하늘에다 숨그네로 매달려 있다. 음압병동에서의 삶은 누구에게나 이처럼 위태롭다. 삶과 죽음의 경계가 미미하기 때문이다.

열차가 부산항으로 들어간다. 인천국제공항이 한국 하늘길의 관문이라면 이곳은 바닷길의 관문이다. 일본 규수와 오사카로 가는 여객선도 이곳에서 정박한다. 국제 크루즈 여객선 터미널이 있어, 초대형 크루즈선도 들어온다. '허치슨 포드'는 홍콩에 위치한 다국적 물류회사지만 이곳 부산에 전용부두를 갖고 있다.

그래서 컨테이너 항만 중 물동량이 세계 5위 수준이다.

국내선 항구도 철도 출입선이 모두 복선으로 연결되어 있다. 부산은 세계에서도 손꼽는 아름다운 야경을 자랑한다. 멋진 다리와 바다 그리고 산이 조화롭게 어우러져 있기 때문이다.

"뚜~벅! 뚜~벅! 뚜~벅! ⋯."

'누굴까?'

긴 침묵을 깨고 저 발걸음소리는? 왠지 불길하다 못해 오싹하다.

머리 위로『사저의 서』를 두 손으로 받쳐들고 노인의 보초병이 등장하고 있다. 비닐 캡을 든 4인으로 구성된 의료진들이 그 뒤를 따른다. 어디선가 청동으로 만든 '싱잉볼'을 말렛이란 나무채로 치는 소리가 둥근 울림통을 통해 우주 전체로 펴져나간다.

"웅~ 웅~ 웅~ ~."

편안하고 풍부한 음파진동으로 열차 안 모두의 몸과 마음이 이완되면서 한 사람의 영을 다른 세계로 떠나보낸다.

"평화가 있기를⋯."

홍해영이라는 여의사가 3주간의 치료로 운명을 달리했다.

그녀는 내과 전문 의료진으로 최고령이다. 확진자의 치료를 위해 '19열차'에 탑승했다가 도리어 자신이 감염되어 의료진 병동에서 음압병동으로 옮겨졌다. 순간 동료 의료진에게나 환자들에게 죄송함이 밀물처럼 밀려왔다가 빠져나갔다. 다른 중증 확진자들의 영혼처럼 이 각박한 시간 끄트머리에 매달려 자신의 지난 발자취를 되짚어 보고 있다.

한 사람의 의사로서 지난 날 '히포크라테스의 선서'를 가슴에 새기던 평양의학전문학교 시절로….

— 이제 의업에 종사할 허락을 받음에 나의 생애를 인류 봉사에 바칠 것을 엄숙히 서약하노라. 나는 인종, 종교, 국적, 정당관계 또는 사회적 지위 여하를 초월하여 오직 환자에 대한 나의 의무를 지키겠노라. 나는 자유의사로서 나의 명예를 걸고 위의 서약을 하노라.

그날의 엄숙함이 뜨거운 가슴이 말해주었다. 열차 안에 해가 뜨는 아침이면 어김없이 그녀가 나지막이 노래를 들려주었다.

"넓은 벌 동쪽 끝으로/ 옛 이야기 지즐대는 실개천이 휘돌아 나가고/ 얼룩백이 황소가/ 해설피 금빛 게으른 울음을 우는 곳/ 그곳이 참하 꿈엔들 잊힐리야~ ♬"

그러면 경증 환자로부터 중증 환자까지 모든 이가 향수에 젖곤 한다. 그 동안 잊고 있었던 자신만의 그리운 누군가를 비밀리에 끄집어 낸다. 실향민은 북에 두고 온 가족들을, 노인층은 자신이 가고 싶은 실낙원을 떠올리며 노래를 음미한다. 그러다보면 삶에 대한 강한 의지가 되살아나고 문득 마음은 순수 어린아이로 되돌아가 정화되기 때문이다. 그녀는 이렇듯 다른 의사들과 회진부터가 남달랐다. 희끗희끗한 머리카락으로 눈가에 노년의 미소를 담뿍 담고 환자를 대하는 모습은 평화롭고 정겨운 일상이었다. 얼마 전까지만 해도 행복한 아침의 풍경을 열차 안에 선사했다.

그러다 그만 뚝! 멈춰버렸다.

그녀의 영은 몸을 떠나 어디로 가고 있을까?

열차 안에 한 마리 흰 나비로 가볍게 날아다니고 있음을 눈치채는 이는 없다.

그녀는 젊은 시절 평양에서 내과 자격증을 딴 뒤 선교사의 도움으로 미국으로 건너가 인턴과 레지던트를 거쳐서 귀국했다. 당시에는 미국에서 의학을 공부한 사람이 많지 않았다. 귀국 후 동료의사인 남편과 평양 시내에 내과병원을 개원하자 환자들이 수없이 밀려왔다. 부와 명예를 동시에 얻을 수 있었다.

그렇게 잘 나가던 그녀에게 위기가 찾아왔다.

1945년 8월, 해방이 되면서 기쁨도 가시기 전에 38선이라는 '선긋기'가 한반도에서 시작되었다. 평양에는 공산당의 붉은 깃발이 나부끼고 일본 제국주의시대 애국투사였던 김일성 장군이 연설을 한다는 소문이 있었다. 그 김일성이라는 장군이 알고 보니 새파랗게 젊은 청년이라는 이상한 소문이 나돌기 시작했다. 세상은 공산주의와 민주주의 양극으로 급속도로 바뀌고 있었다. 소위 배웠다는 지식인들은 죄다 쉬쉬하면서 공산당원들에게 붙잡혀갔다. 그때 붙잡혀간 이들은 대동강 변에 한 줄로 세워졌다.

"딱콩! 딱콩! 딱콩…."

공산당이 쏘아대는 '아카보' 장총 소리가 요란하다. 총탄에 맞아 몸이 앞으로 꺾이면서 피가 위로 솟구쳤다. 천지가 개벽할 일이다. 개죽음은 한번이면 족하다. 그런데 죽음을 확인하기 위해 연이어 터지는 총소리가 세상을 어지럽힌다. 누구를 향해 쏘아 대는 것인지 알 수 없다. 그러나 그녀는 죽을 운명이 아니었다. 마침 친정을 다녀오던 길이었다. 뒤늦게 집에 도착해 남편의 시신을 찾으러 대동강 변을 헤매다 정신을 잃었다가 깨어나기를 반복했다.

1950년 6·25전쟁 당시 압록강과 두만강 유역까지 북진하던 유엔군이 중국군 공세에 부닥쳐 38선 이남으로 퇴각했다. 1951년 1·4후퇴 때 시아버님의 간곡한 부탁이 있었다.

"며늘아기야! 이참에 남으로 피난갔다가 조용할 때 돌아오렴. 이곳은 매우 위험해. 퇴각하는 한국군과 유엔군을 따라가면 아마 무사할 거야."

"무슨 말씀을요? 시부모님을 두고 안 될 말씀이세요."

"우리 늙은이야, 별일이 있겠어. 지금 신작로에 피난가는 사람이 좀 많아. 더 늦기 전에 출발해. 세상이 심상치 않아. 이곳에 있다가는 언제 공산당에게 총살당할지 몰라!"

자식을 둔 어미가 죽음을 저당잡힐 수도 없고 더는 거역할 수 없어 부랴부랴 피난보따리를 쌌다. 지아비를 잃은 설움을 미처 가누지도 못한 채 피난민 행렬에 나선 꼴이다. 등에는 어린 아이를 업고 걸리며 대동강을 건넜다. 남으로 향하는 중공군과 인민군의 공격을 받아 피난 도중 함께 강을 건너던 많은 사람들이 피를 흘리면서 쓰러져갔다.

평안도에서 피난오는 사람들은 대체로 진남포나 해주에서 배를 타는 경우가 많았다. 그녀는 요행이 진남포에서 출발하는 미군의 상륙함LST에 실려 수송선을 탈 수 있었다. 피난민들에게 영어 발음이 쉽지 않았을 테지만 모두들 LST선이라고 분명히 기억하고 있다. 그만큼 당시에는 생명선이나 다름없었다. 빼곡하게 들어찬 사람들 틈에 배가 큰 파도에 이리 밀리고 저리 밀리면서 뱃멀미도 심하게 했다. 당시 정신을 잃어도 자식들과 함께 살아남을 수 있다면 그 어떤 고통도 달갑게 받아들일 각오가 되어 있었다. 그 덕분인지 그녀는 무사히 군산항에서 내려 우연히 기관사로 근무하는 이웃을 만났다.

"아니? 의사 선생님께서도? 준이아버지가 보이지 않습니다."

"그렇게 되었습니다. 저희도 부산으로 가는 열차에…."

남편을 생각하자 말이 제대로 나오지 않았다.

"아, 네! 딱한 사정을 제가 모르는 바는 아닌데, 아무튼 저를 따라와보세요."

그가 가리키는 기관실 이웃에 있는 객실 한 귀퉁이를 비집고 들어갔다. 보따리를 내려놓고 겨우 자리를 잡았다. 어떤 이들은 고단한 몸을 이끌고 아슬아슬하게 기차 지붕 위까지 올라타서는 증기기관차가 어서 빨리 출발하기를 초조하게 기다리고 기다렸다.

“칙칙 폭폭! 칙칙 폭폭….”

드디어 피난민 남행열차는 익산을 거쳐 부산을 향해 기적소리를 내며 거대한 무쇠바퀴를 철길에 굴리며 달리기 시작했다. 기관사는 삽자루로 석탄을 아궁이에 계속 집어넣었다. 시뻘겋게 타오르는 증기의 힘으로 움직였다. 당시 기관사라는 직업은 아무나 넘보는 직종이 아니었다. 남편을 잃은 그녀가 평양에서 이웃에 살던 기관사를 만난 것은 기적이었다. 가끔은 그가 노부모를 모시고 자신의 병원을 찾은 것이 인연이 되었기에 망정이지 어쩔 뻔했겠는가. 피난민들의 보따리는 다양했다. 놋요강을 챙겨오는 이도 있었다. 사람으로 태어나 뒤를 보는 문제처럼 중요한 것이 또 있을까 싶다.

증기기관차가 부산역에 도착한 것은 해가 뜨기 전 신새벽이었다. 기적소리를 길게 뿜으며 기쁨도 잠시 종착역인 부산에 도착하고 보니 당장 먹을 것이 없어 거지가 따로 없었다. 연안부두에는 갈매기가 날고 자갈치시장에는 뭇사람들이 오고 갔다. 등짝에 붙은 굶주린 배를 채우기 위해서는 아이를 등에 업고 걸리며 처음에는 남의 밥을 얻어먹으러 이곳저곳을 기웃거렸다. 그러다가 배운 도둑질은 못 속였다. 고향사람들의 연줄이 닿아 남포동 번잡한 거리 큰 약국에서 일하게 되었다. 그 덕분에 아미동 ‘무덤마을’에 판자촌 방 한 칸을 얻을 수 있게 되었다. 그러나 낮에도 어두컴컴한 방을 들여다보면 긴 한숨이 나왔다. 주인이라는 양반이 그녀가 한숨을 쉬는 것을 보며 딱한 듯 한마디를 기어이 하고 만다.

“판잣집이라도 내 방이라고 있으면 다행이요.”

"아! 네."

"올라오다 보수천 다리 아래 걸이를 만들어 잠자리를 만든 이들도 보지 않았소?"

"사람의 목숨이 질기긴 합디다. 큰비가 오면 어쩌죠?"

"곧 전쟁이 끝나 고향으로 돌아가기를 바라야죠."

"그런데 이 능선 저 능선마다 이 많은 공동묘지는 어떻게 조성된 거죠?"

"그것을 이야기하자면 깁니다. 1920년대 부산에서 한창 콜레라가 유행하여 수많은 사람이 죽었을 때 죽은 사람들 대다수가 여기에 묻혔습니다. 그 후에 일본인들이 부산항을 개항하면서 이곳에다 공동묘지를 조성하게 되었죠."

"대학병원 옆에 화장장 또한 부패하기 전에 시체를 소각해야 했군요"

"그럼요. 당시로는 이곳 화장장이 상당히 큰 규모라 전국에서 장례를 치르러 오는 이들이 많았습니다. 일제 강점기에는 일본인들이 제사를 지내고 나서 남겨두는 음식들을 까치들이 많이 와서 먹었다고 해서 까치골, 화장골로도 불렀지요."

"차마 듣기 힘든 아득한 시간들을 듣습니다."

"저는 부산토박이라 이곳의 역사를 잘 압니다. 지금은 피난민들이 몰려오면서 기거할 곳이 부족하다보니까 별 수가 있나요, 이곳 아미동 납골당과 공동묘지에까지 집을 짓고 살지 않습니까? 심지어 무덤에 놓여 있던 비석들을 계단이나 벽으로 이용한 이들도 아주 많습니다. 조선시대 유교사상에 젖어 살아온 우리지만 별 수가 있나요. 난리통에 죽은 조상들이 산 자들을 탓할 수도 없을게고….”

슬픈 사연들을 뿌려놓은 무덤들, 이곳에 묻힌 불쌍한 고인들을 떠올리며 시내 약국에서 집으로 돌아왔다. 집을 지키던 두 아들이 그녀를 보자마자 조르기 시작한다.

“어머니, 다른 데로 이사 가요?”

큰애가 말을 꺼내자 작은아이도 단박에 꺼리는 표정으로 거든다.

“여기는 으스스해요. 방바닥이 모두 무덤천지에다 밤이면 구들장에서 하얀 소복을 입은 귀신들이 긴 머리를 풀어헤치고 돌아다닌다는데요?”

“아까부터 공중변소에 가고 싶어도 빨간 휴지를 줄까? 파란 휴지를 줄까? 하면서 귀신이 날 잡아먹을까봐. 똥이 누고 싶어도 못 가고 있어요.”

황당한 아이들의 이야기를 듣다보니 전쟁 피난민들의 속사정을 알까만은 순간 속상했다.

“지금은 전쟁 중이야. 한밤에 누울 수 있는 곳이 있는 것만으로도 천만다행인 줄 알아야지.”

아이들은 무한했다. 그녀의 단오한 잔소리를 계속 들어야 했다.

“감사해야 해. 너희들 아버지도 북에서 돌아가셨잖니? 시체도 찾지 못하고…. 길거리에 나가봐 전쟁고아가 좀 많아. 너희들도 보았겠지?”

“집도 없이 거지 깡통을 차고 다니는 아이들 말인가요?”

기어들어가는 목소리로 단오하게 말씀하는 어머니의 얼굴을 보며 두 아이는 결국 고개를 떨궜다.

"분명 고향 집으로 돌아갈 좋은 날이 곧 올 거야. 지금은 참아야 한다."

그날 이후 다시는 아이들 입에서 투덜거리는 소리는 나오지 않았다.

사실 그녀의 거처는 마치 죽은 자의 공간 위에 삶의 터전을 마련한 꼴이다. 삶과 죽음의 애환이 공존하는 이곳의 길은 구불구불 가팔라 전쟁으로 고단한 세월을 살아야만 했던 피난민들에게는 더욱 치열한 삶의 흔적을 남기고 있다. 땅을 조금 파내고 각목이나 합판을 벽으로 만들고 가마니를 깔아 집을 만든 판잣집은 열악했다. 재료가 판자부스러기나 미군부대에서 나온 박스였다. 겨울이면 바람을 막을 창문도 없고 바닥은 가마니로 장판을 삼고 온기래야 피워놓은 석유 등불이 전부였다. 곧 고향으로 돌아갈 수 있을 것이라는 희망 때문에 땅 욕심도 내지 않았었다. 이웃에 다른 피난민이 오면 자신의 땅을 내어주는 미덕도 있었다.

그녀의 집은 바닷길하고는 먼 높은 산꼭대기 외진 곳에 꼭꼭 숨어 있는 도피처 같기도 한 형국이었다. 그 중 식수가 제일 큰 걱정이었다. 상하수도 시설이 되어 있지 않았다. 비탈진 산을 내려와 평지에 있는 공동 수도꼭지 앞에 양동이를 세워놓아야 했다. 물 공급을 하는 시간대를 맞춰 하염없이 기다리는 사람들로 언제나 북적거렸다. 찰랑거리는 물통 두 개를 물지게에 지고 산비탈 길을 오르는 남녀들로 가득했다. 마실 물이 귀한 판에 빨래가 다 뭔가. 온몸에 검은 땟국물이 덕지덕지 세계지도를 그렸지만 몸 씻을 물이 없었다. 겨울에는 빨간 내복을 벗고 옷 솔기에 나란히 붙어 있는 서캐와 꼬물거리고 움직이는 이와 전쟁을 치러야 했다. 잠들기 전 어둑한 등잔불 아래 모여서 이를 잡았다. 때로는 독한 DDT를 온몸에다 살포하기도 했었다.

그래도 부산은 가난한 사람들이 먹고살기에는 안성맞춤인 곳이었다. 국제시장에서는 무수한 상거래가 이루어졌기 때문이다. 해방 이후 일본인들의 귀국과 맞물려 반대로 해외로 나갔던 동포들의 귀환이 시작되었다. 해외에서 돌아오는 동포들 또한 배편을 이용했기 때문이다. 일본으로 돌아가는 일본인들이 넘긴 물건과 해외에서 돌아온 동포들이 가져온 물건들이 거래되면서 상거래가 불티났다.

그때 생겨난 것이 '도떼기시장'이다.

그러다가 1950년 전쟁이 터지면서 부산에 진주한 미군부대에서 흘러나온 물건까지 취급하게 되었다. 미국산, 일본산, 한국산 등을 한데 모아 거래한다고 해서 국제시장이라는 이름으로 붙어진 것이다. 한국전쟁의 구호물자부터 미군부대에서 흘러나온 군수물자가 있었다. 여기에 홍콩과 마카오 등지에서 수입되거나 밀수된 물건과 구제의류까지 날개 돋친 듯 팔려나갔다. 게다가 한동안 부산은 흥분과 기분 좋은 혼란이 지속되고 있었다. 그래서 당시 국제시장에서는 구하지 못할 물건이 없었다. 그것이 부산을 국제 항구도시로 변모시킨 결과다.

외국 문화를 받아들이는 통로에 있는 항구도시에서 많은 사람들이 호기를 부릴 수 있었다. 그러나 '났다 하면 불!'이라고…. 화재는 피난민들을 위협하는 가장 큰 요인 가운데 하나였다. 바닷바람만 좀 불었다 하면, 여기저기서 대낮처럼 활활 타오르던 불길은 사람들의 마음을 몹시도 불안하게 했다. 하루에도 몇 건씩 일어났다. 화재 원인은 판잣집 내 초롱불, 촛불, 아궁이불 등이 원인이었다. 겨울의 강풍과 불에 약한 재료와 빽빽하게 들어선 판잣집 등이 그 피해를 키웠다. 그날은 대낮보다 더 밝은 빛이 저녁 하늘을 덮고 있었다. 도대체 저게 무슨 일이람? 그녀가 저녁을 해먹고 집에서 쉬고 있을 때였다. 밖으로 나가보니 뜻밖에도 산언덕 아래 국제시장에서 큰 불기둥이 솟고 있는 것이었다.

'날벼락도 유분수지?'

미친 사람처럼 정신없이 시장으로 달려갔으나, 시장 안은 이미 불더미로 변해 있었다. 광복동과 대청동 거리는 '보따리'를 메고 아이를 찾는 사람과 땅을 치면서 대성통곡하는 사람으로 가득했다. 마치 미친 사람처럼 우왕좌왕하는 대혼잡을 이루고 있었다. 그녀가 그동안 고생해 일으킨 약품들도 하루아침에 잿더미로 변해버렸다. 그 중에 큰 상권을 쥔 이들은 중국인들이었다. 이들은 홍콩이나 마카오 등지에서 '페니실린'이나 '마이신'과 같은 경이로운 제품들을 수입해왔다. 당시 부산에서는 밀수 약품들이 거래됐는데 이들 대부분은 영문으로 표기되어 있었다. 영어를 잘 아는 그녀로서는 이런 약품들을 식별해 필요한 것들을 사들였다. 장사는 성황을 이루어 부자가 될 절호의 기회가 돌아왔다.

그러나 두 번째 위기가 또한 찾아왔다. 큰불의 대형 사고로 금방문을 닫게 되었다. 화재로 인해 그녀가 돈을 낸 사람이나 물건을 맡긴 사람 모두가 대금을 요구해왔다. 세상은 호락호락하지 않았다. 신용을 지키기 위해 혼자 힘으로 그녀는 그 모두를 감당해야 했다.

'하늘은 스스로 돕는 자를 돕는다'고 스스로 절망하기에는 너무나 일렀다. 때마침 6·25전쟁 시 중국에서 선교하다 순교한 '왈레스' 선교가 설립한 침례병원에 줄이 닿아 내과병동에 근무하게 되었다. 이듬해 부산대학병원이 새로 개설되면서 그녀는 자리를 옮겼다. 그러면서 저축한 돈으로 어떠한 경우에도 신용을 잃어서는 안 된다는 생각에 사람들을 일일이 찾아다니며 대금을 모두 지급했다. 당시 빚쟁이들은 현해탄을 건너 일본으로 도주하는 경우가 많았다. 살아 생전에 아버지께서 입버릇처럼 하시던 말씀이 뇌리에 각인된 탓일 게다.

'삶은 소유물이 아니라 순간순간의 있음이다.'

6·25전쟁은 3년을 끌다가 휴전협정이 이루어졌다. 이제 고향 평양으로 돌아간다는 것은 먼 세상 일이 되어버리고 말았다. 그 이후 라디오에서는 트로트 가요가 실향민의 마음을 보듬어주었다. 〈굳세어라 금순아〉, 〈이별의 부산정거장〉, 〈용두산 엘레지〉 등 194계단 층층대에 앉아 우는 사나이가 생겼다. 영도다리 밑에서 우야든 등 만나자던 피난민으로 가득했다. 떠나가는 서울행 십이 열차가 있었다. 일본으로 돌아간 관부연락선도 있었다. 현해탄에서는 일본식 된장국(미소시루) 냄새에 '아! 이 좁은 해협을 지나 이제 나는 일본 땅으로 건너가구나!' 하고 감회에 젖던 사람들이 모두 사라졌다.

당시의 현실은 가난하여 가혹한 것이었다. 그녀가 대학병원으로 자리를 옮기고 보니 그곳에서도 날마다 죽어가는 시체들을 마주해야 했다. 돈 없이 죽어가는 가난한 사람들을 비롯하여 나병환자와 결핵환자들이 길거리에 수두룩했다. 뿐 아니라 비위생적이라 여름철이면 콜레라까지 극성을 부렸다. 콜레라에 걸리면 몇 천 명씩 사망하기도 했다. 역사를 거슬러올라가면 흑사병은 유럽 전체를 휩쓸며 2,500만 목숨을 앗아갔다. 나폴레옹의 몰락을 가져온 것도 발진티푸스였다. 알고 보면 세상에서 가장 무서운 것이 전염성이 강한 바이러스균이다.

그러나 휴전협정 중에도 천진한 아이들은 우리가 살고 있는 곳곳에 버티고 있었다. 윗동네 비석마을이라고 불리는 공동묘지에 사는 아이들은 여름 복더위를 피해 바깥 공터에 돗자리를 깔아놓고 밤에 잠이 들곤 했다. 냉장고도 선풍기도 없던 시절이었다. 깜깜한 여름밤이면 돗자리에 누워서 바라보던 밤하늘에는 무수히 많은 별들이 빼곡히 박혀 있었다. 그러면 아이들은 신이 나서 노인들을 조른다.

"할아버지, 옛날 이야기 해줘요?"

한 아이가 떼를 쓰면 덩달아 모두가 한소리를 냈다. 그러면 못이긴 척 동네 할아버지는 신이 나서 아이들에게 납량특집 같은 것들을 이야기 주머니에서 꺼내 보인다. 머리를 산발한 몸을 오싹하게 만드는 귀신 이야기부터, 뿔 달린 도깨비 이야기까지 본인의 체험담을 섞어가며 구수하게 들려주었다.

"한밤중에 이웃마을에 마실 나갔다가 돌아오는 길에 도깨비를 만났지 뭐야?"

아이들은 등골이 오싹해지면서 심장이 쿵쾅! 난리도 아니다.

"그래서요? 할아버지!"

"이 산에서 번쩍! 저 산에서 번쩍! 사방으로 도깨비불이 바람을 타고 돌아다니는 거야. 처음에는 얼마나 겁이 났던지 몰라. 두 다리가 후둘후둘 떨리면서 오금이 얼어붙어 꼼작도 못하고 붙박이로 그 자리에 있었지. 달달 떨다가 결국 바지에다 볼일을 봤지 뭐야. 바지가랑이 밑으로 오줌이 뚝뚝 떨어지고 꼴불견이었지. 그때 할아버지께서 하신 말씀이 생각났어."

"그게 뭔데요?"

"도깨비를 만나면 반드시 씨름을 한 판 해야 한다는 거야. 그리고 호랑이 굴에 들어가도 정신만 바짝 차리면 산다고 하셨어."

"정말 정신만 바짝 차리면 살아남나요?"

"그럼, 그럼. 이를 악다물고 올 테면 와봐 하면서 덤볐는데 도깨비들은 하나같이 힘이 세더라고. 그러나 하반신을 붙잡고 한 놈, 한 놈씩 죽을힘을 다해 넘어뜨렸지…."

"와! 와! 할아버지 대단해요."

여기저기서 환호가 터져나왔다.

"그 후 도깨비들은 장난기도 심하지만 특히 씨름을 좋아한다는 것을 알게 되었어. 너희들도 명심해야 해. 도깨비가 나타나면 겁먹지 말고… 사실 도깨비는 사람이 죽어서 된 원혼은 아니야. 사람의 손때가 묻은 몽당 빗자루나 부지깽이 등에 사람의 피가 묻어서 된 것이니까. 이런 손때가 묻은 물건은 함부로 버리지 말고 꼭 불에 태워버려야 한다는 것을 명심해야 해."

이렇게 해서 아이들은 어른들의 옛날 이야기를 듣고 세상을 배워나갔다. 현대의학을 배운 그녀도 긍정할 수밖에 없었다. TV도 없었던 시대라 더위를 확 달아나게 하는 효과는 분명 있으니까. 특히 장마와 무더위가 극성을 불이는 칙칙한 밤이면 귀신 이야기가 난무하던 시절이었다. 하지만 살아오면서 너무나 많은 죽음을 보았기에… 잔혹한 드라큘라 백작이 연상되면서 어린 아이들 가슴에 심각한 공포와 두려움과 장난기 같은 것들을 탓할 수는 없었다.

아랫동네 대학병원 뒷길 화장장 굴뚝의 연기는 이른 아침부터 늦은 저녁 퇴근길에도 쉬지 않고 연일 피어올랐다. 곡소리도 끊이지 않았다. 화장장 근처 아이들은 상여가 지나며 흘린 하얀 종이꽃을 들고 다니며 놀았다. 날마다 화장장 굴뚝의 연기가 들려주는 처녀 총각 귀신 이야기를 끌어내며 한밤의 무더위를 식혔다. 특히 호기심이 발동한 남자 아이들은 비가 몹시 뿌리는 어두운 밤이면 모였다. 붉은 양철지붕으로 덧 이은 판자촌 처마 밑에 모여 서로의 담력을 실험하곤 했다.

"너, 오늘 잿밥 위에 올려놓은 시루떡을 가져올 수 있어?"

"오늘은 처녀귀신이라던데…."

"아무리 그래도 폐결핵 환자는 싫어."

"야! 배고픈데 가릴 게 뭐야."

"그렇담, 노자 돈은 어때?"

저승으로 떠나는 죽은 이를 위해 산 자들이 올려놓는 지전을 보고 말했다. 큰아이는 어머니가 병원에서 돌아오면 자신의 영웅담을 들려주곤 했다. 딱할 노릇이다. 인생 무상함을 일찍이 배운 탓일까? 대동강 변에서 공산당에게 총살당한 남편의 죽음과 전쟁통에 이웃사람들의 시체를 목도했다. 병원 시트 위에 눈 감고 누워 있는 빈약한 환자들을 지켜보면서 하루, 하루 그저 단순하게 살고자 노력했을 뿐이다. 그런데 두 아이의 어미가 된다는 것이 무엇을 말하는지…. 근처에 일가친척 없이 홀로 산다는 것이 엄청난 무게로 다가왔다.

대학병원 근무는 그만두고 '맹모삼천지교'까지는 아니지만 아미동 '비석마을'에서 헌책을 파는 보수동 뒷골목으로 집을 옮겼다. 고서를 찾는 교수들로부터 대학생에 이르기까지 드나드는 골목이라 마음에 들었다. 골목길 일본식 목재 2층 건물에 간판을 걸고 '홍내과 병원'을 열었을 때 주변에 개인병원은 드물었다. 그래서 환자들의 방문이 많았다. 그러나 교통이 여의치 않은 응급환자 가족들에게서 급히 의사를 찾는다는 기별이 오면 찾아나섰다. 그러다보니 왕진은 그녀의 일상사가 되어버렸다.

왕진가방을 들고 치료시기를 놓친 환자들을 찾아가는 길은 수도자의 그것과도 흡사했다. 그 길에서 폐암 말기로 매우 고통스러운 시간을 보내고 있는 한 예술가를 만났다. 북에 가족들을 두고 홀로 살고 있는 그의 집안에는 낡은 그림들과 물감통이 어지럽게 뒤엉켜 있었다. 다만 한 장의 가족사진이 사과 궤짝 위에 얌전하게 올려져 있었다. 먹을 것이라고는 극빈자로 보급받은 옥수수가루가 전부인 듯

했다. 처음 찾을 때는 이미 병이 깊어 통증을 가볍게 하는 약 외에 더는 다른 조치가 필요 없었다. 다만 그녀가 한 치료로는 가래가 끓으면 젖은 가재로 손가락을 넣어 가래를 꺼내주곤 했을 뿐이다.

진눈개비가 내리던 어느 추운 겨울날 결국 폐암 환자의 마지막 죽음을 지켜봤다. 앉은뱅이 책상 위에 아무렇게나 써놓은 부치지 않은 글들을 읽어보았다.

— 여보, 나는 참말로 일어나고 싶소. 지금 나는 당신을 그리워하며, 홀로 빈민촌 판잣집에 누워 병마와 최후의 담판을 벌이고 있소. 고향에서 당신과 자식들을 두고 급히 서울을 다녀오겠다고 떠나온 길이 여기에서 끝났소. 매우 슬퍼하고 있소, 또한 이 고비를 잘 넘기고 싶소. 아아! 나에게는 돈이 시급히 필요하오. 왜 이렇게도 돈이 없는 것인지. 살고 싶소. 당신과 아이들을 만나고 싶소.

— 친구야! 지금부터라도 내가 돈 백 원을 만들어볼 작정이야. 초상화를 그려달라는 사람이 있으면 소개를 좀 해다오. 외국 사람도 좋고, 노란 머리칼 아가씨도 좋아. 늙으신 부모가 있는 영구 사진도 좋아. 친구를 사랑하는 마음으로 네가 좀 조력하여주기 바란다.

네가 근무하는 곳은 부두가 아니냐? 온갖 사람들이 오고가는 부둣가.

그 외에는 다른 길이 없어 보인다. 귀국길에 오른 외국 군인이면 더욱 좋아. 그러면 달러로 바꿔 쓸 수 있게 네가 극력 주선하여다오.

돈이 되면 우선 닭을 고아먹어 보겠다. 돼지고기도 삶아먹겠다. 땅꾼을 모아 살모사, 구렁이도 좋아. 돈! 돈! 슬픈 일이다.

— 오늘 북에서 피난온 젊은 여자 의사선생님이 왕진을 왔다. 나는 지금 막다른 골목에 맞닥뜨렸다. 유일한 나의 기쁨은 그녀가 왕진 오는 날이다. 한번은 기침이 무척 심해 얼굴은 핏발로 벌개지고, 목에는 가래가 들끓어 숨쉬기조차 답답했다. 그녀가 슬픈 눈으로 나를 지켜보았다. 능숙하게 자신의 손으로 가래를 음료수 빨대로 한 끝을 나의 목구멍에 넣었다. 한 끝은 자신이 물고 가래를 입으로 빨아내주었다. 그렇게 빨아내기를 몇 십 분 정도하자 목에서 가래 끓는 소리가 잠잠해지고 나는 살 것 같았다.

'환자분! 좋아졌습니다'라고 낮은 목소리로 밝게 말했다.

글은 여기서 끝나고 있었다.

그날 왕진가방을 들고 집으로 돌아오는 길에 평양 고향마을에 서 있던 자작나무들이 줄지어 나타났다. 그 예술가의 고향은 '백석' 시인과도 같은 평북 묘향산이 있는 곳이라고 했다. 눈 내리는 겨울이면 자작자작 아궁이에서 불꽃을 튀기며 타던 장작소리가 난다고 했다. 하늘로 쭉쭉 뻗어오른 새하얀 줄기들의 하얀 눈가루와 어우러지면서 더욱 빛이 난다고….

산골 집은 대들보도 기둥도 문살도 자작나무다.

밤이면 캥캥, 여우가 우는 산도 자작나무다.
그 맛있는 메밀국수를 삶는 장작도 자작나무다.
그리고 감로같이 단샘이 솟는 박우물도 자작나무다.
산 너머는 평안도 땅도 뵈인다는 이 산골은 온통 자작나무다.

백석 시인이 읊은「자작나무」라는 시를 화폭에다 그리고 싶다고 그는 마지막 소원처럼 말했다. 이 나무를 고대 북방민족들은 '샤먼나무'라고 불렀다고…. 마치 하늘의 문을 열어 지상과 천상을 연결하는 나무라고 믿었다.

한 예술가를 결핵으로 보내고 시간이 지나면서 눈앞에 펼쳐진 부산 '천마산'을 볼 때마다 말갈퀴를 휘날리며 천상에 오르는 1,500여 년 전 자작나무 껍질에다 그림을 그린 신라인의 〈천마도〉를 그려보게 된다.

부산 '천마산'은 그녀에게 빛과 어둠에 대하여 특별한 가르침을 주었다. 항구를 끼고 올망졸망… 인간의 삶과 죽음을 되묻기라도 하듯 천마산은 부산 일대의 풍광을 한눈에 볼 수 있는 곳에 위치하고 있다. 그곳에 오르면 수많은 배들이 올망졸망 진을 치고 정박해 있는 모습을 보게 된다. 새벽에는 자갈치시장 불빛이 영롱하니 아름답다. 천마산을 끼고도는 산복도로는 애환이 많은 이들의 거처다. 천마산 중턱까지 고만고만한 판잣집들이 다닥다닥 붙어 있다.

낯선 항구도시에 와서 아버지를 떠올린다. 풍광을 바라보며 타향살이의 설움을 딛게 된다. 고향의 일제 강점기 시절부터 결핵 퇴치운동과 콜레라 예방운동, 한센병 환자와 산골 주민들을 위한 무료진료에 앞장섰던 분이다.

그녀의 삶도 친정아버지를 닮아 가난한 사람들에게 헌신적인 의료활동을 주저하지 않았다. 딱한 처지에 있는 사람들을 외면하지 않고 무료 진료로 의료혜택에서 멀어져 있는 이들에게 인술을 베풀었다. 영양실조에 있는 환자에게는 '닭 두 마리를 살 수 있는 돈을 내어주라'는 처방전을 내렸다. 돈이 없어 치료비를 낼 수 없는 사람들이 도망갈 수 있도록 병원 뒷문을 열어두는 등 나름 노력했다.

뿐 아니라 부산에는 '도시 속의 섬'이라고 불리는 금녀의 공간 완월동이 있다. 희롱할 완玩, 달 월月 자를 썼다. 정해진 낮 시간에 왕진을 가다보면 같은 여자로서 슬픔의 강 너머 마음이 몹시 쓰리고 아팠다. 삐걱거리는 일본식 목조건물 2층 나무계단을 밟고 올라간다. 다다미 바닥에 누워 있는 병색이 완연한 어린 직업여성들을 만나다보면 처지가 딱하여 눈물이 핑 돌았다. 그리고 일체 치료비는 받지 않았다.

게다가 초등학교 아이들의 소풍 길은 '도심 속 금녀의 공간' 골목길을 지나게 되어 있었다. 아이들의 눈은 뜻밖에 일본식 목조건물 1~2층 건물의 창문을 열어놓은 곳에서 멈추게 된다. 꼬마들을 유심히 미소 짓고 바라보는 노란 머리카락이 반짝이는 동양인의 까만 눈동자와 마주친다. 그럴 때면 슬픔도 함께 아이들의 소풍길을 따라나섰다. 그곳 산길에서는 언제나 오월 소나무 숲 사이로 아카시아 꽃향기가 짙게 맡아졌다.

우리나라는 숱한 나날들 속에 전쟁 후반기까지 재봉틀과 실, 밀가

루와 고무, 타이어와 설탕 등을 외국에서 원조를 받았다. 그러다가 끊이게 되면서 국제시장의 활기는 멈추고 말았다. 나라가 스스로 경제빈곤의 수렁에 빠졌고 부랴부랴 정부에서는 독일로 파견할 간호사와 광부를 선발했다. 젊은 남녀들은 가난한 집안을 위해 어려운 일을 마다하지 않고 눈물 젖은 외화벌이로 나섰다.

이때 생겨난 말이 3D업종이다. 어려운Difficult, 더러운Dirty, 위험한Dangerous의 뜻을 모두 포함하고 있는 직종을 말한다.

지금은 개발도상국에서 '한강의 기적'을 높이 평가하지만 코로나19의 불확실성 속에서도 신흥선진국임을 자부한다. 다만 문제가 봉착하면 스스로 풀어야 하는 부담이 있다.

당시 그녀는 홀로 소외된 이웃들을 위해 의술을 폈다. 그래서 역사의 증언처럼 이번 코로나19 사태 이후 열차에 스스로 자진하여 탑승하게 된 것이다.

"사람은 말이요. '누에' 속에 비단을 만드는 실이 들어 있듯 사람 속에는 치유를 촉진시키는 비단 같은 '생각'이 들어 있어요. 자신을 믿어봐요."

열차 안은 고향을 찾는 노래로부터 환자들에게 희망을 속삭이던 간절한 말들이 그녀는 가고 없음에도 오고가고 있다. 그녀를 실은 4인 1조의 의료진들은 비닐캡을 들고 19열차에서 내렸다. 그녀를 향한 묵념이 잠깐 진행되었다.

"오늘 우리는 코로나19의 최일선에서 국민의 건강을 지키던 동료 한 사람을 잃었습니다. 코로나19와 싸우는 의료진 감염은 불가피한 상황이지만 동료가 유명을 달리했다는 비보에 황망한 마음을 금할 수 없습니다. 고인은 뛰어난 내과의사로서 감염 직전까지 수십 년간 지역에서 주민들의 건강을 돌봐왔던 훌륭한 분이기에 참담한 마음을 더욱 가눌 길 없습니다.

코로나19의 감염력과 치명력 앞에는 누구도 예외가 아닙니다. 오히려 의료진이 이 바이러스의 감염에 더 취약하게 노출될 수 있음을 알았습니다. 최선의 노력을 다하는 길만이 우리가 살길입니다. 우리는 지금 이 시각에도 의사를 비롯한 많은 의료진이 코로나19 진료 현장을 지키다 쓰러지면서까지 힘겨운 시간을 보내고 있습니다.

동료 의사의 안타까운 죽음 앞에서도 의사들은 절대 물러서지 않을 것을 약속드립니다. 모든 의사가 슬픔에 잠겨 있습니다. 지금의 슬픔이 밑거름되어 코로나19 종식의 새로운 희망으로 다가올 것임을 믿습니다. 아직 음압병실에는 수많은 환자가 의사의 손길을 기다리고 있습니다. 마지막 환자가 병실 문을 나설 때까지 우리는 멈추지 않을 것입니다. 고맙습니다."

— 동료여 고통 없는 곳에서 편히 쉬시라.

애도문도 열차 안 TV 전광판에 나왔다.

첫 의료인의 사망과 희생이 헛되지 않도록 의연히 다시 일어나겠다는 다짐은 분명 노블레스다.

내면에 미덕을 지녔다.

바이러스 전쟁의 최전선에서 싸워나갈 것을 다짐하는 이 땅의 의료진들이 곁에 있어 든든하다.

이번 의료진의 죽음 또한 모든 것을 소멸시키는 사랑 앞에서 다른 것들은 그 중요성을 잃었다.

제6장 서귀포역

고요한 폭풍

가을비가 사각사각 뿌리는 부산 자갈치 역사에서는 홍혜영이라는 여의사를 보냈다. 19열차가 눈물의 기적소리를 내며 잔잔한 바다, 남해안을 따라 물 흐르듯이 서해로 달려나간다. 충무공이 머물던 통영바다, 한려수도를 지난다.

— 한산 섬 달 밝은 밤에 수루에 홀로 앉아 긴 칼 옆에 차고 깊은 시름하는 적에 어디선가 들려오는 구슬픈 피리 소리가 남의 애를 끊이나니.

생사가 경각 간에 좌우되는 치열하고도 참혹한 임진왜란 전쟁터에서 읊은 시다. 나라의 홍망을 걱정하는 충무공의 임금에 대한 충성과 백성들의 고통에 대한 연민이 가슴 절절이 녹아내린다. 다도해는 올망졸망 많은 섬들이 있다. 슬픔은 점점이 작은 섬으로 조각나면서 잔잔하게도 아늑하게도 안겨오는 풍경들로 펼쳐져 있다.

"와르르, 쏴아 쏴."

몽돌 해안선을 따라 자갈돌에 부딪는 파도소리가 높다. 오늘 하루 살아 있다는 게 신기한 이들에게 차창 밖은 코로나19 인내력의 한계를 드러내고 있다. 외부와의 차단이 잦아들면서 독신 아닌 독신들이 늘어나고 감정의 표현마저 억제된 사회가 도래했다. 그로 인해 혼자 앉아서 즐기는 신세대 트로트 열풍은 대리만족으로 자리매김하였다.

트로트는 대한민국의 음악 장르 중 하나로 정형화된 반복적인 리듬과 펜타토닉 스케일 음계와 한국 민요의 영향을 받은 떠는 창법이 특징이다. 기존의 동양 전통 음악과 미국, 유럽 국가들의 다양한 음악들이 혼합하여 탄생했다.

노래 가사가 한민족의 정서를 담아내면서 심금을 울린다. 한 많은 민족임을 여실히 보여주고 있다. 팬데믹 시대에 더욱 절실한 노래가 되었다.

여수를 거쳐 열차는 목포에서 제주도로 가는 '해저터널'을 지나고 있다. 바다 깊이 터널을 뚫은 발칙한 발상임에 틀림없다. 이와 같은 발상을 하는 사람은 인구 전체의 1%에 해당되는 사람이라고 한다. 그리고 99%가 찬성을 하고 동조하면서 세상은 변하고 있다고…. 대륙과 대륙을 잇는 영국과 프랑스를 오고가는 도버해협 해저터널은 두 나라가 양쪽에서 굴착을 시작했다고 한다.

신기술의 개발로 신나는 세상을 살고 있다. 한편 제주가 가까워지면서 기이한 현상이 일고 있다.

우리나라 최남단 '이어도'가 눈앞에 일렁인다. 마치 아쿠아리움에 들어와 있는 착각을 일으킨다. 성난 바다가 통째로 보인다. 고요한 바다에 폭풍이 거칠게 불고 있다. 이상한 일이다. 민요풍의 해녀질 소리가 바닷바람 속에서 둥둥 흰 포말을 일으키며 까치머리로 급물살을 타면서 떠다닌다. 소리는 더욱 거칠고도 우렁차게 통유리창을 두드리며 마치 포를 쏘는 우레 소리로 폭발하는 듯하다. 오싹하게 등줄기가 파르르 떨릴 정도의 큰 울림이었다.

"덜커덩 삐꺽, 덜커덩 삐~ 삐꺽, ~삐꺽…."

레일과 바퀴가 어긋나면서 마찰음 소리가, 코발트 빛 고요한 제주 바다 한가운데 난데없이 폭풍이 일고 있다. 바다가 요동치고 우리 고유의 대명절 추석을 앞두고 돌연 다영어머니가 확진자로 확정을 받았다.

세상에는 예외가 없다고 한 집안이 송두리째 무너지는 소리다.

그러나 다영어머니는 강하다. 2년 전 유방암을 앓았다. 항암치료를 어렵사리 받으면서 여자의 분신인 머리카락이 모두 잘려져 나갔고 가슴 한쪽이 사라졌다. 까까머리 둥지를 거울 속에서 바라보았다. '애 쓰지 말자'라며 울음소리는 결코 내지 않았다. 항암치료 덕분에 살아났으니 그만인 것이다. '그것쯤이야.' 훅 털고 일어났지만 안 되는 게 있다, 어미에게는….

"대체 왜 남도 아닌 딸에게 보여주고 싶지 않은 게 뭐야."

차마 다영이에게 여자의 심벌인 사라진 가슴을 보여주고 싶지 않았던 것이다. 그래서 목욕탕 가는 것을 꺼렸다. 당당한 어머니였기에 다영이는 더욱이나 화가 났던 것이다. 다 지난 일이다.

"너희 아버지에게도 곧 연락이 닿겠지. 미안하구나. 의료진들이 올 때까지 엄마는 어떻게든 살아남을 테니까. 내 걱정일랑 단단히 붙들어매고 넌 코마 상태에서 깨어나야 해, 제발! 넌 아직 청춘이잖아."

이를 악다물고 매몰차게 소리쳤다. 무릇 고통이란 아니 공포란 누구에게라도 들키기 쉽게 마련이다. 하지만 이 세상에서 가장 사랑하는 딸에게는 약한 모습을 보여주고 싶지 않았을 뿐이다. 수시로 생명을 위협하는 위태로움이란 코로나19 바이러스가 덮친 집안의 대재앙 때문이다. 열에 들뜬 수차례의 밤이 지나가고 또 지나갔다. 남편에게서 전화가 왔다.

"여보, 걱정하지 말아요. 난 믿어, 당신 강인하잖아!"

"잘 알았어요. 두렵긴 하지만… 고마워요. 꼭 살아서 나갈게요. 기다려줘요."

다음날 새벽에 주황빛 여명 속으로 백색 레벨D 방호복 차림의 의료진들이 그녀를 찾아왔다. 제주보건소 앰뷸런스에 실려 19열차 음압병동에 탑승하자 혈액검사와 가슴을 촬영했다. 혈압과 체온측정기를, 혈당검사기와 산소포화도 측정기도 지급받았다. 지정된 시간에 측정하여 톡으로 간호사에게 전송해야 한다는 것을 알려주었다. 아직은 경미한 증상이라 그녀가 할 일이 남아 있었다. 불행 중 다행이다.

'완치하여 나갈 수 있을 거야.'

경증환자 다영어머니의 이름이 적힌 자리에 누웠다. 이제부터는 심장 박동소리와 측정기의 그래프를 세상에서 가장 아름다운 노래로 여겨야 한다. 초대 없이 불숙 찾아온 바이러스를 어떻게든 몸 밖으로 보내겠다고 다짐하고 있지만 신이 도와줘야만 가능해 보인다.

열차가 만실이 되면서….

침묵의 깊은 수중 속으로 약에 취해 그녀는 잠수하고 만다.

지난 날 딸 다영이가 19열차에 탑승했다는 비보를 듣고 집안에 가만히 있을 수가 없었다.

'내가 무슨 몹쓸 죄를 지었기에?'

'제 탓이요. 저의 큰 탓이옵니다. 그러므로 간절히 바라오니 평생 동정이신 성모마리아와 모든 천사와 성인과 형제들은 저를 위하여 하느님께 빌어주소서. 아멘.'

성당 기도실에서 자꾸만 뒤를 돌아다보게 된다. 외로운 섬 제주에 계신 어머니의 초라한 젖무덤이 떠올랐기 때문이다. 언제나 그녀의 무의식 세계에서는 바닷물을 발목까지 찰박거리며 홀로 서 있는 자신의 어린 시절의 모습이 떠오른다. 살아생전 술이라도 한 잔 더 부어드려야겠다는 간절함이 솟아났다. 양양에서 비행기를 타고 급히 그녀의 고향 제주를 찾았던 것이다.

제주 날씨는 화창했다.

그럼에도 불구하고 갑자기 해무가 일었다. 수만 리 먼 길을 순식간에 두꺼운 촉수로 태양을 바다 속으로 숨겼다. 능청맞게 시치미를 뚝

떼고는 침묵했다. 바다는 회색빛 줄기의 끈들만이 너울거렸다. 다영 어머니는 눈앞을 가늠하지 못했다. 방파제 끝점에 꽂꽂이 서서 홀로 해무 속으로 서서히 고립되고 말았다. 잠식된다는 말이 이런 뜻인가를…. 멍한 채 한참을 꼼작도 못하고 서 있었다. 무섬증에 두 다리가 후들거리며 휘청거렸다. 그 찰나에 누군가 갑자기 등 뒤에서 그녀를 낚아채가기라도 하듯 동공이 커졌다. 어떤 물체가 회색빛 바다 위에서 출렁거리며 좁은 시야에 들어왔기 때문이다.

그것은 대나무로 만든 직사각형의 모양을 하고 있었다. 그물로 짜여 있는 상상 속에서만 존재하던 '애기구덕'이 분명했다. 회색빛 줄기의 끈들만이 너울거리는 바다에 낡은 애기구덕이, 지금은 제주 민속박물관에서나 볼 수 있는 것이 여긴 왜? 도깨비장난도 아니고…. 순간 뇌리에 스치는 게 있었다.

사람에게는 영적 안테나가 있다고…. 등골이 오싹했다.

"저게 바로 애기구덕이란 거야. 사람의 일생을 요람에서 무덤까지라고, 하지 않던? 네 친엄마가 한때 너를 눕혀 흔들어대며 제주말로 '몽그리멍' 키웠지. 흙도 '좁아' 먹어가면서…."

자랑자랑 자랑자랑 자랑자랑
웡이자랑 웡이자랑 자랑자랑 웡이자랑
우리 아긴 자는 소리 놈의 아긴 우는 소리로고나
웡이자랑 웡이자랑 웡이자랑 웡이웡이 웡이자랑 …

할머니께서 흥얼거리던 제주 자장가 속에 어머니는 어디로 갔을까?

다영어머니가 한라산을 본다. 순간 신에 홀린 것처럼 눈앞에 아무도 본 적이 없다는 한라산 백록담 '산정호수'가 있다. 그 위로 빨간 열차가 쏜살같이 달려오고…. 유리판처럼 매끈한 얼어붙은 호수 위를 빨간 기차가 달린다. 한라산 풍경 위로 노을이 내려앉은 거대한 호수가 핑크빛에서 깊은 붉은 빛으로 변해가는 장관을 펼쳐놓았다.

그런가 하면 사방이 새하얀 눈으로 뒤덮인 설경을…. 산기슭 숲 사이로 소복하게 내려앉은 솜사탕 같은 눈꽃과 아름다운 풍경 속을 헤치고, 눈은 수천수만의 날개를 달고 하늘에서 내려와 지붕과 굴뚝을 덮고….

기찻길 옆에서는 깔깔거리며 눈을 치우는 아이들과 연인들이 겨울 풍경을 만들어내고 있었다.

순간 한라산 백록담 설경은 환영처럼 사라진다. 하얀 고무신 한 짝만이 댓돌 위에 놓아두고, 아쉬움은 항상 이런 식이었다.

흰 눈 쌓인 한라산 너머 높은 하늘에 친엄마가 살고 있다는 상상을 하며 어릴 적 밤에 울다가 뒤척이다가 잠이 들곤 했다. 꿈길밖에 길이 없어 아름다운 풍경 사진으로 친엄마를 오랫동안 간직하고 싶어서였다. 친가는 바닷바람 속에서 급물살을 타면서 제주 섬에서 육지로 이사를 나왔다.

"덜커덩 삐꺽, 덜커덩 삐~삐꺽~삐꺽…."

기관사가 시계의 중앙에 있는 빨간 버튼을 누르자 시간의 톱니바퀴가 레일과 어긋나면서 더욱 거칠게도 우렁차게도 큰 울림으로 시계 침이 멈춰버렸다.

그리고는 시간이 거꾸로 돌아가고….

시간은 유동적이라 현실의 제약 속에서 벗어나 온전히 자신에게 집중할 수 있게 해주는 힐링의 타임패스다.

2021, 2020, 2019, 2018, 2017 … 2000, 1999 … 1899, 1887 ….

1840년 섣달 초하루 묘시(새벽 5시)에 바다가 깊게 요동치는가 싶었는데 급하게 멈추고 말았다. 모두들 숨죽이는 깊은 밤이다. 흑암의 세상이다. 천지창조의 새 기운이 감돌기 시작했다.

"호오이~~ 호오이~~ 호오이~~."

휘파람소리와도 흡사한 소리가 들린다. 고래 울음소리 같기도 한 울림이 다영이 외할머니의 슬픔이 되어 밀려온다. 물속에서 간헐적으로 숨이 넘어가는 웅얼거림이 깊은 바다와 합세하면서 바다가 내지르는 울음소리로 변한다. 천지가 개벽과 동시에 놀랄 일이 벌어진다.

짙은 바다 안개 속으로 평양성 사대문이 떠오르고 있다. 드디어 굿판이 벌어지고 무당의 방울소리가 요란하다. 그때 솟을대문 기와집에서는 난데없이 집안으로 뛰어들어온 자객들로 인해 선잠에서 깨어난 하녀들이 비명을 지르며 이리 뛰고 저리 뛴다. 포졸들이 절벅거리며 몽둥이를 들고 난타극을 결국 포승줄에 묶여 긴 머리카락을 풀어 헤친 그가 등장한다.

180여 년 전 고조외할아버지의 나이 36세 때 일이다.

평양감사로 부임하면서 일어난, 노론소론 당파싸움의 소용돌이 속에서 역적으로 몰리면서 귀양살이를 한 곳이 바로 이곳 제주다. 평양감사란 말 그대로 지금의 평양시장으로 관찰사며 직급은 종2품 높은 벼슬이었다. 갑자기 불어닥친 불운으로 그는 다행이 목숨만은 건져 제주도 유배지로 후송되었다.

행장을 챙겨 목포에서 배에 오르니 마침 풍세는 잇달아 순조로웠으나 오후에 풍세가 사납고 날카로웠다. 높은 파도가 일렁일 때마다 초행인들은 모두가 배멀미로 얼굴빛이 변하지 않는 사람은 없었다. 다행이도 이틀 걸려 육지에 도착하는 기적이 따랐다.

제주에 와 바닷가 단출한 초가집에 높다란 돌무더기로 담을 치고 머무르니 한심하기 짝이 없었다. 부질없다, 부질없다 하면서도 자신으로 인해 가족들이 당한 수모까지를 생각하면 거의 미칠 지경이었다. 매일 정신이 나간 사람처럼 바다를 멀거니 바라보는 일이 많아졌고 유배지에서의 고독과 절망 속에 사는 것은 피를 말리는 모진 고문이었다. 그러나 멀거나 가까운 데서 소문을 듣고 책을 짊어지고 배우러오는 젊은이들이 장날같이 몰렸다. 산 사람은 죽으란 법은 없는지 모진 목숨으로 살아가야만 했다.

어느 듯 자리가 잡혀갈 무렵 그가 제주도로 유배온 지 3년째 되는 날 비보가 날아들었다. 마누라가 기생집 여종으로 팔려가 모진 고생을 하다 그만 결핵이라는 몹쓸 병에 걸려 검붉은 피를 토하며 숨을 거두었다고 한다.

슬픔에 싸여 있던 그때에 글공부를 배우던 사내가 그의 고단함을 보고 홀로 사는 누이를 소개했다. 지금으로부터 180여 년 전 다영이 외가 집안의 슬픈 역사는 한 사람의 날개짓이 큰 회오리바람이 되었다. 북쪽 평양에서 제주도로 가족관계도를 형성한다. 각자의 작은 몸짓이 다른 이들의 삶에 어떻게 반영되는지 이 거대한 인간관계의 그물망을 비밀스럽게 펼쳐 보여주고 있었다.

다시 고조외할아버지로부터 시계의 톱니바퀴는 다영외할머니의 시대로 되돌아오고 있었다.

1840 … 1887, 1888, 1887 … 1900,1901 … 1931, 1932, 193 … 1953, 1954년 춘삼월, 열세 살 꽃다운 나이에 꽃가마 타고 시집을 갔다. 한라산이 내다보이는 돌로 엮은 초가지붕이 보인다. 숭숭 구멍 뚫린 돌멩이를 밟고 연분홍 치마 봄바람에 휘날리며 다영외할머니의 거친 일생은 시작되고 있었다.

남자들이 먼 바다로 고기잡이 나가면 집에 남은 아낙들은 허리 굽혀 밭농사를 해야만 했다. 화산재로 이루어진 밭은 척박하여 흙이라곤 거의 없는 돌밭이라 농사가 제대로 될 리가 없었다. 돌밭에 조, 보리를 갈고 고구마를 심어 가꾸었으나 생활은 언제다 궁핍했다. 그래서 아낙들은 바다로 둘러싸인 바다밭에서 시나브로 익힌 무자맥질로 해산물을 채취해야만 했다. 잠수부가 아닌 여인들이 바다에 들어가서 물질을 하는 나라는 우리나라밖에 없었다.

남자들은 먼 바다에 나가 배를 띄우고는 뜻하지 않은 태풍으로 인해 돌아오지 못하는 날이 많았기 때문이었다. 마을 아낙들이 돌밭에 주저앉아 파도가 웅얼거리는 바다를 향해 지아비를 애타게 불렀다.

그런 날이면 무수한 혼백들이 마을 좁은 밭뙈기로 돌아다녔다.

‘어드레 감수광 혼저옵서예.’

‘어드레 감수광 혼저옵서예.’

어디로 갔는지 알 수 없는 지아비를 향해 빨리 돌아오라고 손짓을 하며 정신을 잃어갔다. 한편 남은 자식들을 생각하면서 이를 악다물고 살아가야 했다. 제주 여인의 가슴에는 오랜 세월 자연스러운 바닷바람과 같은 숨비소리가 고스란히 흔적을 남겼다.

그래서 제주 바다는 죽음의 바다이면서 생존의 바다이기도 했다.

다영외할머니도 여기에 맞물려 돌아갔다. 16세 어린 나이에 첫아기 다영어머니를 해산하고 백 일째 되는 날 물질하러 나갔다가 그만 봉변을 당하고 말았다. 그날 다영외할머니는 검은 현무암 바위에 앉아 시퍼런 바다를 한참 바라보다가 갑자기 무서움증이 일었다. 구덕에다 짚을 깔고 젖을 물리고 나온 갓난아기가 자꾸만 눈에 밟혔지만 차마 돌아설 수가 없었다. 운명처럼 바닷물에 첨벙 뛰어들고 말았다. 허리에 장도 빗창을 차고 깊은 바다로 바다로 흘러들어갔다.

그러나 첫아기를 분만하고 산후조리도 제대로 못한 그녀에게 잦은 물질은 무리였다. 깊은 바다 수압을 이기고 평상시 잘 쉬던 물숨이 쉬어지지 않았다. 그때 멀리 하얀 포말 위로 환상의 섬 이어도가 보였다. 희한한 일이었다. 갑자기 절망의 늪이 희망의 도피처로 환하게 다영외할머니를 부르고 있었다.

‘이어도 하라 이어도 하라 이어이어 이어도 하라.’

둥둥 북소리와 함께 하얀 날개 옷을 입은 선녀들이 환하게 웃으며 그녀를 배웅나오고 있었다. 둥, 둥, 둥. 한 송이 하얀 종이꽃으로 파도에 떠밀려가고 말았다.

그때 다영어머니의 의식은 깨어나고 있었다.

자신의 어머니 무덤을 찾아헤매던 젊은날의 그날로 돌아갔다.

제주공항에는 눈이 날리고 있었다. 선반에 올려둔 여행용 밝은 밤색 배낭을 꺼내어 어깨에 메고 기내를 빠져나왔다. 공항 대합실 의자에 앉아 잠시 공항 밖을 내다보았다. 분주하게 오고가는 여행객들 그 틈에 열대지방의 상징인 야자나무 가로수들이 보였다. 흰 눈을 안고 높이 서 있는 모습들이 줄지어 나타났다. 마치 전쟁터에 나간 군인들이 승리의 하얀 깃발들을 높이 쳐들고 개선문을 향해 씩씩하게 걸어가는 행렬 같았다. 참으로 이색적이었다.

하얀 눈과 야자수!

닮은꼴이 없어보였다. 그러나 묘하게도 일치되는 어떤 상징 같은 것이 되고 있었다. 공항 출구 쪽으로 줄지어 선 가로등 여린 불빛 속으로 겨울은 더욱 깊어가고 있었다. 일 년 중 계절의 끄트머리 12월이면 어김없이 열병으로 몸살을 앓곤 했다. 다영외할머니에 대한 그리움이 사무쳐 그냥 앓고 또 앓는 것이었다. 슬픔의 고리는 더욱 깊게 뇌리에서 맴돌았다. 공항 밖으로 나와 눈이 오는 제주의 밤하늘을 고개 들어 유심히 올려다보았다. 얼굴 위로 하얀 깃털 모양의 눈들이 하염없이 날렸다. 볼에 콧등에 입술에 와닿는 눈의 촉감은 부드러우면서도 몹시도 차가웠다. 마침 성탄절이 다가오고 있었다. 해마다 어김없이 고요한 밤에 아기 예수님이 태어났다. 꿈처럼 현실처럼 물끄러미 반짝이는 대형 크리스마스 트리를 감상하면서 대기 중인 노란 택시에 올라탔다.

"어디로 모실까요?"

검정 파카를 입은 반가운 목소리의 톤으로 젊은 기사가 물었다.

"서구포시 K호텔 부탁드립니다."

남자의 목소리는 묘한 매력을 지니고 있는 듯했다.

남녀가 만났을 때 목소리는 순식간에 호감을 결정하는 중요한 요소가 된다고 한다. 미국 올브라이트대학과 볼티모어대학 연구진의 연구에 따르면, 사람들은 목소리 톤이 낮고 허스키한 사람을 더 젊고 성적으로 매력이 있고 따뜻한 사람이라고 느낀다고 한다. 심지어 정직하고 자신의 위치에서 꽤 성공한 사람일 거라고까지 생각하는 경향이 있다고…. 특히 여자의 경우 남성의 목소리를 듣고 본능적으로 그 남자가 어떤 남자인지 알아챈다고 한다.

여자의 예리함에 놀라지 않을 수 없다. 더욱 놀라운 것은 그것을 알아채는 데 3초밖에 걸리지 않는다는 사실이다. 여자들은 목소리만으로 남자의 유전자 정보를 알아채다니 대단하다. 그것은 남성의 목소리가 굵고 낮으면 남성호르몬인 테스토스테론의 수치가 높기 때문이다. 실제로 많은 여인들이 중저음 남자의 목소리를 좋아하게 되어 있다. 반면 아무리 멋있어도 목소리가 새소리처럼 가벼운 남자를 보면 좀 아니다 라는 소리를 하곤 한다. 나름 과학적인 이유가 있었던 것이다.

택시는 제주공항을 출발하여 서귀포시 K호텔로 한참을 향하고 있었다. 때마침 FM 라디오 방송에서는 중저음의 남자 진행자가 유인수의 '펠리컨의 새끼 사랑 이야기'를 하고 있었다.

— '펠리컨'라는 새가 있습니다. 이 새의 주머니는 '펠리컨'의 위가 담을 수 있는 양의 무려 3배나 더 담을 수 있습니다. 펠리컨의 주머니는 먹이를 잡을 때 사용할 뿐만 아니라 새끼들에게 먹이를 줄 때도 사용합니다. 북극 지방에 햇빛이 잠깐 비추는 몇 개월 동안 먹이를 이 주머니에 저장한 후 먹이를 구 할 수 없는 추운 겨울에는 새끼들에게 저장한 먹이를 나누어주어 겨울을 나게 합니다. 그러나 추운 겨울을 나기 전에 먹이가 떨어지면 '펠리컨'은 제 가슴살을 찢어 새끼들에게 먹입니다. 병에 걸려 죽어가는 새끼에게는 자신의 핏줄을 터뜨려 그 피를 입에 넣어줍니다. 어미 펠리컨은 자신은 죽어가면서도 새끼를 위해 기꺼이 목숨을 바칩니다. 그래서 서양인들은 펠리컨을 사랑과 희생의 상징으로 여깁니다.

순간 가슴 먹먹한 이야기를 전해 들었다. '펠리컨'이라는 새의 사랑과 희생은 우리 인간의 영과 육을 훨씬 뛰어넘는 아가페의 사랑인 것을. 다시 FM 라디오 방송에서는 음악이 흐르고….

"지금 듣고 계신 음악은 피아니스트 엘리자베스 브라이트가 연주하는 〈포근하게 감싸였다면〉입니다."

차창 밖을 보니 길거리 키 작은 동백나무 가로수에 하얀 눈을 이고 있는 붉은 꽃들이 소담스레 피어 있었다. 남녘 하늘 아름답고 따뜻한 제주에서 하얀 눈을 만난다는 것은 신의 한수다. 등받이에 기대어 달리는 차창 밖으로 두 손을 내밀어 하얀 떡가루를 조심스럽게 손바닥에 받았다. 금방 온기 있는 손에서 녹아버렸다. 달뜬 마음으로 두 눈이 스르르 감겼다. 그리고 얼마쯤 갔을까, 차가 휘청거렸다. 눈이 번쩍 뜨였다. 차창 밖은 시간이 지나면서 무섭게 변해가고 있었다.

조용한 폭풍을 동반한 눈바람이 거칠어지면서 바다바람과 합세하여 눈바람에 휩싸였다. 순간 '아! 내가 무엇에 홀렸구나'라는 생각이 미치자 등줄기에서는 식은땀이 흘러내렸다. 하마터면….

"다 왔습니다."

차는 K호텔 정문에 와 있었다.

다음날 아침 호텔에서 눈을 떴다. 혼자라는 사실이 확인되는 순간 갑자기 습관처럼 위축감이 몰려왔다가는 사라진다. 베란다로 하늘과 맞닿은 환한 에메랄드 빛 바다 위로 햇살이 여러 줄기로 반짝이고 있다. 초록빛 잔디밭은 더없이 넓게 펼쳐져 있다. 파란 바다 빛과 노란 햇살의 조화가 여간 아름다운 것이 아니다.

제주의 날씨는 예측불허다. 이 또한 제주의 매력이 아닌가 싶다.

아침을 간단히 호텔에서 해결하고 목적지를 향해 걸었다. 통오름은 여인의 젖가슴처럼 완만하고 부드러운 곡선을 지녔다. 바닷길이 구불구불 제멋대로 된 울퉁불퉁한 흙길을 걸으며 작은 돌멩이에 차이면서도 놀멍, 쉬멍 파도소리 들으며 길을 찾아나섰다. 끊어진 인연의 길을 잇고 잊힌 길을 찾아주고 사라진 길을 불러내어 만들어진 올

레길이다. 드디어 김령마을 어귀에서 서성이는 바닷바람과 마주쳤다. 폐부 깊숙이 갑자기 친정어머니의 젖내가 맡아졌다.

갖가지 상념이 교차했다. 한라산 정상에서 구름으로 피어올라 다시 바다와 맞닿고 있는 지점에서 바람이 거세졌다. 불어오는 바람은 가장 비밀스러운 것들을 공유하고 싶어 안달했다.

'제주 김녕마을, 거문오름…. 성은 한 씨.'

달랑마을 이름과 성 씨로 다영어머니는 그 어드메쯤 오르면 친정어머니를 만날 수 있을까? 가슴이 무너지는 것 같았다. 새엄마가 들어오면서부터 깊은 침묵 속에 감춰진 이름은 성 씨로만 남아 있다. 물어물어 찾아나선 오름 중턱에 다다르자 꿈결같이 신비로운 풍경이 펼쳐졌다. 걷잡을 수 없는 눈물과 함께 황금빛 억새들의 춤사위로 내비췄다. 억새들이 바람에 나부낀다. 억새들의 시간이다. 바람이 곡하고 억새는 떠난 자의 길동무가 되어 온몸을 쓸어내린다. 한참을 걷다보니 무시무시한 칼바람이다.

억새밭을 지나자 하얀 눈을 맞은 둥근 주황빛 밀감이 달린 밭들이 펼쳐졌다. 밀감밭을 가로질러 앞으로 나아가자 낮은 슬레이트 지붕과 바둑판 모양으로 새끼줄을 이은 초가지붕의 좁은 골목들이 나왔다. 골목집들의 울타리는 구멍이 숭숭 뚫린 현무암 검은 돌멩이를 교묘하게 쌓아올린 좁은 골목이다. 골목길을 숨 가쁘게 돌다보니 낮은 언덕배기로 올라섰다. 돌로 탑을 쌓은 네모난 밭뙈기들이 드러났다. 외가댁 친척아저씨가 그려준 약도와도 닮아 있었다. 축축한 습기가 묻어나고 바닷바람이 부는 언덕배기 조그만 밭 한가운데에 밋밋한 젖무덤 하나가 눈길을 끌었다. 떨리는 발걸음으로 한 발, 두 발 옮기자 많은 세월을 기다려준 친정어머니가 너무나 고마워서 가슴이 벅찼다.

다영어머니는 자신의 어머니 젖무덤 앞에서 난생 처음으로 큰절을 올린다. 고개 숙인 얼굴 위로 눈물이 그렁그렁 맺히면서 마구잡이로 흘러내렸다. 얼마나 불러보고 싶었던 그 이름이었던가. 가까스로 터져나오는 울음을 용케 참고 있다가 격한 반가움을 어쩌지 못한 채 엎디어 끝내 오열하고 말았다.

바다 또한 그녀의 마음을 알아차리고 소용돌이치며 미친 듯이 울부짖어주었다. 그 소리는 바닷바람 소리 같기도 하고 바다가 울면 바다 울음소리 속에서 바람이 울면 바람 속에서 은근히 흘러다녔다. 그 모든 소리는 마침내 하늘에서 내리는 싸락눈과 바다에서 피어오르는 물안개가 허공에서 뒤섞여 큰 공간을 만들면서 침몰하고 있었다. 그 넓은 공간 속으로 그동안의 슬픔과 외로움, 소망까지도 제주 바다가 다 받아주고 있는 모양이었다.

다음날 돌아오는 비행기 속에서 어떻게 이 참담한 현실을 뚫고 지금 이 자리까지 오게 되었는지 지난 시간들이 까마득하게 느껴졌다. 어릴 적 새엄마에게 구박받던 전래동화『콩쥐와 팥쥐』에 나오는 콩쥐가 되어 좋아하던 그림 공부를 포기했다. 뒤늦게 늦깎이로 대학원에 입학해 심리학을 공부하면서 수많은 분노와 마주했다. 그리고 대학원에서 고고학을 전공하는 다영이아버지를 학교 박물관에서 우연히 만나 사랑을 나누게 되었다. 주머니가 많은 작업복 차림에 사람 좋은 인상의 얼굴이었다. 다만 세상 물정에는 어두운 학자 타입이 오히려 마음에 들었다.

심리학을 공부하면서 내 안의 우울증과 근심의 원인이 무엇인지를 받아들이기 시작했다. 출생의 비밀을 기호학으로 풀다보니 자신을 극복하는 것은 오르지 않으면 내려올 수 없는 것과 같은 이치였다.

게다가 활을 쏘는 데 방해가 된다며 한쪽 가슴을 도려낸 채 전쟁에 나섰던 그리스 신화 속의 여인전사 '아마조네스'를 만난 것이 그 시발점이 되었다. 우랄산맥 남쪽의 중앙아시아 평원지대를 2,500여 년 전 것으로 추정되는 여인전사들의 무덤이 발굴되면서 '아마조네스'의 실존 여부가 고고학계에 관심이 되고 있다는 사실을 우연히 다영이아버지를 통해 듣게 되었다. 이들 여성의 무덤에서는 창과 칼이 출토되었고 15세 소녀의 다리뼈는 활처럼 휘어져 있어 오랫동안 말을 탔음을 알 수 있었다고…. 여성들의 역할과 지위는 주부전사였다고 한다. 창과 칼은 유목민 여성들이 방어를 위해 남자처럼 싸우는 법을 익혔다는 것이다.

이처럼 고고학계에서는 '아마조네스 여전사'를 신화 속의 인물이 아닌 실제 인물로 2,500여 년 전 우랄산맥 남쪽 평원지대 여인전사로 꼽고 있다. 이 사실을 토대로 아직은 살아 있는 여인전사를 제주 여인에서도 그 근원을 찾아볼 수 있음을 박사 논문으로 발표했다. 세상에 우연히 일어나는 법은 없다. 한생명의 뿌리를 찾아나선 일이 생애 가장 뜻깊은 선물로 돌아왔었다.

기찻길 옆에서는 깔깔거리며 눈을 치우는 아이들과 여인들 속에 제주는 지금 신종 코로나19 바이러스 감염증으로 아우성이다,

아름다운 섬나라를 찾아오는 단체 여행객에 의한 코로나19 집단 감염 사태가 제주로 번졌기 때문이다. 항공권 특가요금제를 폐지해야 한다는 해저터널도 중지해야 한다는 등 소리가 나오고 있다. 청와대 국민청원 게시판에는 '제주 여행을 통제해달라'는 극단적인 국민청원까지 관광객을 성토하는 글들이 올라오고 있다.

제주를 찾았던 관광객과 도민의 이동이 급격히 많아진 뒤에는 반드시 코로나19 대유행이 뒤따랐다. 그런 만큼 제주 방역이 무너지면 도민이 치러야 하는 사회적 비용과 부담이 기하급수적으로 불어나게 마련이다.

19열차는 제주에서 경증환자인 다영어머니를 태우고 출발하면서 '빠앙~' 기적소리를 2초 가량 내었다. 준비가 다 돼서 이제 떠난다는 걸 기차역 관계자들과 탑승객들에게 알리기 위해서였다.

그때 싱긋 웃는 입과 동공이 없이 불룩 튀어나온 눈과 크고 넓적한 코로 미세하게 웃으면서 배 위에다 손을 얹은 '돌하르방'이 성문을 열어준다.

제7장 소쇄원역
짝 잃은 각시인형

열차는 아름다운 제주에서 아쉬움을 달래며 해저터널을 통과하고 있다. 목포 유달산을 거쳐 광주 소쇄원역에 닿을 계획이다.

한편 광주는 최근 며칠 부산과 경남 등 영남지역 코로나19 확진자 증가세가 주춤했다. 그 가운데 광주에서는 사상 두 번째로 신규 확진자가 많이 나와 방역당국이 긴장하고 있다.

광주에 살고 있는 신혼부부 설희와 그녀의 남편은 코로나19 검사 결과 양성으로 판명되었다. 150번 확진자가 되었고 그녀 또한 153번 확진자로 격리되어 19열차를 기다리는 형국이다.

이번 경우는 수일 만에 일어난 사건이었다.

119 구급차가 그녀의 집으로 달려왔고 어디로 가는지도 모르는 채 19열차에 입원 조치되었다. 어떻게 치료되는지도 전혀 알 수 없는 먼 곳으로 이송 중이다. 어느 누구라도 면회는 불가하고 가족은 하루에 한번 증세가 어떻다는 통보만 받는다.

무슨 놈의 세상이 일찍이 겪어보지도 못한 벼랑 끝에 내몰린 심정이 이럴까.

그녀의 친정어머니는 믿음직스러운 사위를 만났다고 은근히 좋아했었다. 홀로 되신 어머니께 불효가 따로 없었다. 시집간 딸의 부부 상황을 통보받는 심정은 어떨까?

'어찌하면 좋단 말인가?'

올 한해도 코로나바이러스로 미국 연구소에 의하면 530만 명이 희생되었다는 소식을 전해들었다, 세계대전이 일어나도 이만한 피해는 일어나지 않았다고 한다. 지금은 조용한 전쟁 상태로 봐야 한다. 둘 다 혼수상태를 유지하다가 그녀는 열흘 만에 기적적으로 호흡이 제대로 돌아오면서 의식을 회복해가고 있다. 하지만 설희의 남편은 급성호흡부진으로 뇌손상이 왔고 의식이 없는 상태로 침대에 누워 있다.

— 택배 호황 속 택배노동자의 과로사

신문에 대문짝 크기의 기사가 실렸다. 새벽 4시까지 배송한 택배기사가 목숨을 잃었다. 최대한 빠른 시일 내에 개선책을 확정하겠다는 공식 입장을 택배기업은 내놓았다.

'택배종사자의 휴식 보장을 위한 공동선언'이라는 팻말이 나붙었다.

그러나 택배기사가 심야배송을 하지 않겠다는 약속은 이루이지지 않았다. 배송전쟁이 따로 없다. 끝나지 않은 코로나19 바이러스 감염으로 의료진 과로사와 택배기사 과로사까지 겹쳐 세상을 어지럽히고 있다. 그 고통은 온전히 설희네 가족에게로 옮겨가고 누구는 생의 회복기를 맞이하고 또 누구는 저승길에서 헤매고 있다.

'어떻게 할 것인가? 어이할 것인가? 불쌍한 남편을?'

설희의 마음은 천 길 낭떠러지로 떨어지고 있었다. 그녀의 불행은 잔잔한 슬픔에서 시작되었다. 당시 붉디붉은 하얀 눈을 머리에 인 애기동백꽃 같은 둘 사이는 청초함으로 심장을 뛰게 하는 그 무엇이었다. 그러나 세상은 그녀를 벼랑 끝으로 데려갔다.

남편의 첫 생일을 맞아서 오피스텔 신혼 방의 흰 바람벽에다 '생일 축하해'라는 문구를 무지개 색 패브릭 마카로 낱자들을 한 자, 한 자 색칠하여 오려놓았었다. 낚시줄을 이용해서 나무집게로 띄워놓았더니 문구점에서 완제품으로 산 것보다 후후! 이 정도면 훌륭하다며 그녀는 혼자 좋아했었다.

남편 생일상을 준비하면서 흰쌀밥에 미역은 곰삭아야 맛이 있다며 굵은 소금을 넣고 자박자박 손바닥으로 미역을 비벼가며 빨아 떫은맛을 없앴었다. 그런 다음 가스 불에 제법 큼직한 냄비를 올려놓고 미역에다 참기름을 넣어 볶다가 큰 모시조개를 듬뿍 넣었다. 물을 붓고는 뽀얀 국물이 우러나오도록 은근히 끓이고 있었다. 마지막에 마늘 다진 것과 국간장을 넣으면 시원한 미역국 맛이 끝내줄 것이었다.

계란 지단을 올린 품격 높은 잡채도 준비했다. 옛날식 쇠고기 주물럭도 이 모두는 그녀가 어머니에게서 전수받은 '엄마표' 요리들이다. 보글보글 미역국이 끓는 소리를 내면서 집안에 갯내가 퍼져나갔다.

'음~ 냄새 한번 조타.' 바다가 코끝으로 맡아졌다. 파도소리가 그립다는 간절함이 불쑥 찾아왔다. 어린 시절 서해안 갯바닥에서 종일토록 놀던 추억으로 인해 조개와 갯바위에서 자라는 해초류를 즐겨 먹는 편이다. 생선구이도 빠트릴 수가 없었다. 작은 크기의 영광굴비 20마리 한 두릅을 샀다. 바쁘게 사는 처지라 생선 손질하기도 그렇고 해서 이번만큼은 돈을 아끼지 않고 큰마음을 먹었던 것이었다. 냉동실에 넣어두었다가 하루에 한두 마리씩 구워 두고두고 아껴먹을 작정이었다. 몇 날 며칠을 시래기된장국에다 김치, 계란찜, 때로는 굵은 멸치와 두부 한 모를 작게 썰어넣은 청국장으로 식사를 했었으니까.

'그이 생일이잖아. 이 정도 호사는?'

자신에게 위로의 말도 잊지 않았다. 특별히 떠들썩한 분위기에 익숙하지 않는 그에게 이제 혼자가 아니라 둘이 한몸이라는 의미를 심어주고 싶어서였다. 모처럼 꼬마아이들이 쓰는 고깔모자도 둘이서 쓰고 케이크에 촛불을 켜놓을 것이다. 남들처럼 셀카봉을 이용한 폰으로 사진을 찍으며 떠들썩하게 축하해주고 싶다. 그동안 코로나19로 많이 힘든 시간을 견디고 있다. 부끄러움을 잘 타는 작은 얼굴의 양쪽 볼에다 뽀뽀도 진하게 해주고 싶었다.

'수고 많았어요. 여보야!'

귓속말로 속삭일 것이었다. 가끔은 장난꾸러기 여인이고 싶은 게 설희 안에는 가득하다. 도저히 참을 수가 없었다. 지금은 5인부터 사적모임이 금지되었다. 그녀의 어머니와 동생 둘을 부를 수도 없는 입장이라 조촐한 생일 이벤트를 생각하다보니 가슴이 두방망이질했었다. 뛰는 가슴을 진정시키며 사무실에서 일찍 퇴근하다보니 다른 날보다 식사 준비가 빨리 마무리되었다.

출판사 사장은 선한 사람이고 그녀와는 말이 잘 통하는 까닭에 고만고만한 일은 잘 넘어가주는 편이라 안심이 되었다. 출판사 출입구 커다란 문 옆자리에 앉아 사무를 보고 계셨다.

"사장님!"

운을 띄우자, 늘 버릇처럼 안경 너머로 커다란 눈을 몇 번 껌벅이더니 그녀를 바라보았다. 이때다 싶어 작은 목소리로 속삭이듯 말을 꺼냈다.

"오늘이 그이 생일이에요? 일찍 퇴근해도 될까요?"

다행히 그녀의 마음을 이해하듯 기분 좋은 웃음으로 천천히 고개를 끄덕였다. 약속한 퇴근시간이 되자 지갑까지 꺼내면서 친절하게 말씀하셨다.

"선물을 준비 못했네. … 케이크라도 사가지고 들어가요."

만 원권 석 장을 내밀었다. 받기도 뭣하고 해서 괜찮다고…. 그러나 막무가내로 손에다 쥐어주었다. 많고 적음의 문제가 아니라 사장님의 따뜻한 마음이 전해졌다. 이렇게 해서 케이크도 준비되었었다. 남편이 퇴근해서 초인종을 누르기만 하면 된다. 기다리는 동안 오피스텔 창밖에는 해가 빠르게 지고 있었다.

오늘은 동지이다. 부모님께서는 그 옛날 긴 겨울밤의 정취를 이야기해주셨다. 잊을 수 없는 것 중 하나는 멀리서 야경을 도는 딱따기

소리가 아련히 들릴 때라고…. '메밀묵! 찹쌀떡!' 하고 외치는 소리라고 했다. 밤참으로 사다먹는 메밀묵과 찹쌀떡은 별미였다고…. 그 옛날 중국 주나라에서는 동지를 설로 삼았고 이날을 생명력과 광명의 부활이라고 믿었다. 또한 동지에는 팥죽을 끓어먹어야 집안의 잡귀도 물리치고 잔병을 없애주고 건강해진다고 믿었다. 어느새 창밖에는 어둠이 짙다. 이제는 오겠거니 하면서 기다리다 별안간 신랑에게 특별히 들려주고 싶은 노래를 즉흥적으로 불러보았다. 오른손 주먹을 마이크로 삼으면서….

'새색시가 천박하게 노래는 무슨? 천만의 말씀인 걸요. 좀 봐줘요. 그이 생일이잖아요.'

자기 자신에게 아양까지 떨어가며 전주곡을 흥얼거렸다.

겨울에 태어난 아름다운 자기는 눈처럼 깨끗한 나만의 여보야!
생일 축하합니다~ 생일 축하합니다~
지구 약 78억 인구 중 아시아 대한민국에서도 단 하나의 분신
나만의 여보야!
생일 축하합니다~ 생일 축하합니다~

가사 하나하나를 음미할 적마다 기쁨의 감동이 물결쳐 설희의 두 눈에서는 눈물까지 그렁그렁 맺혔다. 너무나 가난하여 결혼이라는 단어 자체를 끄집어낼 수가 없었던 그들의 처지였었다. 물론 옛날 여인네처럼 새벽에 우물가로 달려가 마당 장독대 위에 정화수 한 그릇

떠놓고 서로 마주보며 맞절을 할 수도 있겠다 싶었다. 하지만 해야 할 일들이 산더미였다. 둘의 사랑을 미루기에는 마음이 감당되지 않았다. 당시 취업 준비로 서로의 몸과 마음은 몹시도 고달팠다. 그러다가 우연히 그가 대형 택배회사에 기사로 취업하게 되었다. 설희 또한 작은 출판사에 편집보조로 들어가면서 진행이 빨랐다.

'당신은 사랑받기 위해 태어났다'며, 장미 꽃다발을 그녀에게 내밀며 앞으로의 인생을 함께하자던 감수성이 남다른 남편이었다.

그들은 둘 다 가톨릭 신자였다. 성당에서 혼배성사를 하길 원했고 또 그래야 한다고 믿었다. 그러나 그가 취업을 하고 하루가 지나가고 이틀, 그렇게 한 주가 그리하여 한 달이 지나도 코로나19 사태는 멈추지 않았다. 그러다 삼월 신입생 등교일이 계속 늦춰지고….

사월, 그들의 혼배성사가 있던 날, 성당 뜰에는 벚꽃이 환하게 피고 있었다. 설희는 하얀 면사포를 머리에 쓴 어여쁜 여인이었다. 하얗게 내리는 벚꽃을 머리에 이고 수줍게 양 볼을 붉게 물들였다. 금빛 넥타이에 검은 양복을 입은 키 크고 잘 생긴 그를 제대 십자가상을 지나 바라보며 미소지었다. 사실 결혼하기로 한 날은 매화가, 복수초가 얼음장을 뚫고 따뜻한 온기를 품고 있는 삼월로 준비했다. 코로나19 사태로 둘만의 주말 데이트도 어려워졌다, 그럴수록 소원처럼 어떻게든 결혼을 하고 싶었다.

당시 성당에서도 혼배성사를 위해 사람들이 모이는 것에 대해 매우 조심하는 분위기였다. 그러다보니 한 달을 연기하고 고민하다가 안 되겠다 싶어서 과감히 소규모로 혼배성사를 감행했다. 필요한 최소 인원은 신랑과 신부, 양측 증인, 그리고 사제 이렇게 다섯 명으로 축소했다. 혼배성사는 짧은 예식이 아니라 미사로 봉헌되는 것이므로 미사 주례사제와 상의하여 결정했다.

우선 코로나19 이전의 풍속도를 꿈꾸며 마냥 기다리지 말라는 것이 모두의 의견이었다. 먼저 성사를 조촐하게라도 치르고 나중에 1주년이든 몇 주년이든 상황을 보고 친지와 지인들을 초대하여 기념미사를 봉헌하는 방식으로 가닥을 잡아나갔다.

4월 둘째 주일에 사제가 전하는 은총의 성사를 통해 그들은 하느님 안에서 사랑으로 계약을 이루는 거룩한 예식을 올렸다.

— 신랑, 신부는 어떠한 강박 없이 완전히 자유로운 마음으로 혼인하려고 합니까?

— 두 분은 혼인생활을 하면서 일생 서로 사랑하고 존경하겠습니까?

— 두 분은 하느님께서 주실 자녀를 사랑으로 받아들이고 그들을 그리스도와 교회의 가르침에 따라 가르치겠습니까?

"예."

그들의 대답은 분명했다.

"남자는 아버지와 어머니를 떠나 아내와 결합하여 한몸이 될 것이다. 따라서 그들은 이제 둘이 아니라 한몸이다. 하느님께서 맺어주신 사람이 갈라놓아서는 안 된다."(마르 10장 7~9절)

서로를 바라보며 '깨끗하고, 맑게' 그들을 맺어준 소쇄원을 떠올리며 성호경을 그었다. 성당 높은 꼭대기에 부활하신 예수님께서 아래를 굽어보셨고 간절한 기도소리도 높아만 갔었다. 높은 산이 있다면 오르고 올라 우뚝 서고 말리라 다짐하면서…. 누구의 기다림이 이토록 지극정성일까마는 하느님의 자녀로 신혼을 꿈꾸며 시작했다.

"당신 조심해야 돼요. 마스크 벗는 일은 없어야 할 거예요."

"걱정마요. 병원 의사들도 하는 일을 나라고 못할까봐요."

자신의 직업을 두고 이 시대 의사만큼 중요한 역할을 하고 있다고 은근히 자부심까지 드러내보이는 남자다. 현재는 코로나19 사태로 인해 한 가족의 행복을 송두리째 앗아가기도 한다. 큰 병원으로 보내줬다면 아들이 살았을 것이라고 울부짖는 부모까지 생겨났다. 의료공백이 부른 사망 소식까지 겹쳐 뉴스를 잘 보지 않던 설희가 TV의 정보원이 되어 눈만 뜨면 특보에 정신을 곧추세우고 있었다.

매일매일 쏟아지던 확진자 숫자가 몇 십에서 몇 백으로 이제는 몇 천을 넘어 만 명 가까이 치닫고 있어 '곧 지나가리라' 하던 믿음도 서서히 꺾이고 있었다. 이른 아침부터 매일같이 차를 몰고 나가는 남편이 은근히 걱정되었다.

"당신, 사람들 만나기가 겁나지 않아요?"

"…."

그가 잠시 침묵했다.

"제가 괜한 걱정을 하고 있나요?"

그는 어깨를 으쓱해보이면서 강한 척 능청을 떨었다.

"이제 사람들은 외출하지 않아도 생필품을 집에서 받아볼 수 있는 배송 인프라가 형성되었어요. 그 역할을 내가 톡톡히 하고 있으니까, 괜한 걱정 말아요."

"참 당신은?"

"당신도 힘든 건 알아요? 우리 모두 힘들잖아요. 그렇지만 어려운 시기에 중요한 일을 한다고 믿어주면 좋겠어요."

"그래도…."

그동안 속으로 끙끙 앓고 있다가 그녀의 걱정은 표면 위로 금방 드러나고 말았다. 남편의 고충을 건드린 것 같아 한편 미안했다.

"다행히도 인심 좋은 사람들 덕분에 남의 집 앞에 택배상자가 놓여 있으면 '누가 훔쳐 가지 않을까'부터 걱정하면서도 정작 본인 택배는 '문 앞에 두고 가셔요'라며 부탁을 하는 좋은 세상이에요."

그의 말에 설희가 더욱 심술궂은 표정으로 인상을 쓰자.

"제발 그런 표정하지 말아요. 당신이 걱정하면 내가 더 불안해지는 것 알잖아요. 우린 한몸이니까. 각별히 명심해요."

"잘 알았습니다, 아짐씨!"

어떨결에 그만 남편의 말에 수긍하고 말았다. 항상 이렇다니까 철저히 배후자의 울타리가 되고 싶어하는 그의 속마음을 모르는 것은 아니지만 왠지 두려웠다. 또래가 아닌 일곱 살의 나이 차이가 있는 연상의 이 남자를 도저히 이길 수가 없었다. 그는 오히려 출근길 현관에서 걱정으로 맥 빠진 그녀를 힘껏 껴안아주고는 집을 빠져나갔다. 꼭두새벽부터 아파트 앞에 배달차를 세우고 동호 수와 이름을 찾아 물건을 배달하는 남편은 오히려 그녀를 격려해주고는 출근했다. 남편이 택배기사로 취업을 하고나서 처음으로 갖는 생일인 만큼 가슴 설레었다. 그에게 연애시절의 귀여운 여인으로 돌아가 사랑을 재확인해주고 싶었다.

한때 우리는 방송통신대학교 국문과에 다니는 대학생이었다. 직장을 다니면서 방송으로 공부를 하다보니 동급생끼리 나이 차이가 들쑥날쑥이었다. 사람마다 사연이 많겠지만 그에게서는 선한 눈빛과 짙은 어둠이 있어보였다. 외로움이랄까. 그 알 수 없음이 마음에 끌렸다. 4학년 2학기 수업이 끝나고 김이 모락모락 나는 길거리 포장마차 안에서 우연히 만났다. 냄비우동을 시켜놓고 소주도 한두 잔씩 아딸딸하게 마셨다.

"아짐씨!"

설희가 장난조로 불렀다.

"왜요? 아가씨!"

"술맛이 오늘 따라 아주 당깁니다요."

그는 귀여워 죽겠다는 표정으로 옛날 궁궐 높은 담벼락에서나 들을 수 있는 농담을 했다.

"중전! 못하는 말씀이 없습니다, 그려."

그녀도 질세라 맞받아쳤다.

"황공하옵니다, 전하!"

약간의 취기를 느끼자 그들은 포장마차 밖으로 나왔다. 찬바람이 시원하게 목덜미를 간지럽혔다. 그와 어깨를 마주하며 걷는 외등이 있는 길가에서 그는 자신의 이야기를 들려주었다. 빌딩 숲 어디에선가 '겨울에 태어난 아름다운 당신에게'라는 멜로디가 흘러나오고 있었다. 그날은 하늘에서 조금씩 눈발이 날렸다. 회색빛 어둠속에서 조금씩 토해내는 그의 중저음 목소리는 슬프고도 애잔했다.

어릴 적 고통사고로 양부모를 잃었다. 혼자 살아남아 결국은 친척 집으로 오고가며 자랐다고. 그의 이야기는 짧으면서도 수많은 슬픔을 동반했다. 그가 바지 앞주머니에 손을 깊숙이 넣고 설희와는 조금 거리를 두고 걷고 있었다. 그때 용감하게도 그녀가 그에게로 다가가 팔짱을 꼈다. 그가 '훅~' 놀라는 기색이었으나 그녀의 저돌적인 행동은 받아들여졌다.

가까이 있는 사람일수록 편해야 한다고, 그의 온기와 함께 그의 슬픔도 밀려왔다. 사람과 사람 사이에 흐르는 감정선은 참으로 미묘하였다. 서로가 부족한 점을 보충해줘야 할 것만 같았다. 설희는 비로소 마음의 빗장을 열고 먼저 다가갔다. 어떻게든 사랑을 확인하고 싶은 충동도 동시에 일어났다. 인간관계란 서로에게 느끼는 감정의 진정성이 그만큼 중요하지 않을까 싶어서였다.

다음날, 그 다음날도 둘만의 약속은 이루어졌다.

그날은 댓잎이 우짖는 소쇄원으로 발길을 옮겼다. 둘만이 속삭이고 싶은 하얀 적막이 그리워서다. 마지막 졸업 수업이라는 징크스도 있는 것 같았다. 지난해 현대문학에 이어 고전문학, 출석수업을 들으면서부터 서로에게 좀 더 익숙해졌다. 사람들은 알까. 적막이 말하고자 하는 그 무엇을…. 슬픔이 가슴 밑바닥까지 여러 번 교차한 후에야 고요함이 찾아든다는 사실까지도….

그동안 밀린 일정들을 소화하느라 둘은 몹시 바빴다. 새로운 학문에 대한 호기심이 있었다. 생업에 종사하면서도 4년간 피곤한 몸으로 학업에 전념했다. 휴일을 택해 짜여진 수업시간표에 따라 강의를 들어야 하는 고역이 있었다. 보람도 있었다. 멀리서 바라보기만 하던 그들이 비로소 대학생이 되었다. 사실 그 하나만으로도 흐뭇했다. 자신에게 칭찬해주고 싶었다. 솔직히 고백하자면 아직 이성을 사귈 시간적 여유는 없었다. 직업과 학문 사이에서 동분서주했었다. 당시로는 오직 졸업학점만이 중요해보였으니까.

설희는 한때 '딸기 따는 아가씨'였다. 딸기밭에서 종일 서성거리다 하루 일당 받은 2만 원으로 가게에서 국수로 바꿔오면 어머니가 저녁끼니로 삶아주셨다. 어머니가 갯벌에서 캐온 바지락을 넣고 끓인 국물에다 묵은 김치를 총총 썰어얹은 단출한 밥상이었다. 가족들에게는 훈훈한 정으로 오고갔다.

행복은 이런 사소한 것에서부터 시작된다고 믿었다.

그러다가 삶의 여유가 생기면서 고등학교 졸업장으로 늦은 나이에 방송대에 입학했다. 주경야독으로 낮에는 알바를 하면서 밤에는 공부에 대한 열정을 불태우고 있었다. 더구나 그녀는 늘 기품 있고 우아한 여성이고 싶어했었다. 유튜브 팝송과 클래식 음악에도 관심이 있었다. 뿐만 아니라 문학소녀이고도 싶었다. 세계문학전집 중 한 권씩을 매주 일요일에 시립도서관에서 대출했다. 가방에 넣고 다니면서 자투리시간에 읽곤 했다. 살인범으로 몰린 건달 하나를 재판도 없이 엽기적으로 살해하는 이야기는 큰 충격으로 다가왔다. 우울증 환자를 병원으로 보내는 대신 죽음에 이르게 만드는 깊고도 깊은 상실감은 몸서리치게 했다. 백일하에 드러나는 탐욕과 친밀성을 보여주는 인간의 본성을 작가들이 이보다 더 잘 표현할 수 있을까 싶어 큰 감동을 받았다.

톨스토이 『전쟁과 평화』에서 안드레이가 '울라!'를 외치며 깃발을 들고 돌진하던 이야기며, 무거운 대포를 끌고 알프스를 넘어 1800년 이탈리아 '마렝고'에서 극적 역전승을 거두었던 '워터루' 전투신까지 대단한 역작들을 섭렵했다. 그녀 안에 네크워크 방이 엄청 확대해나갔다. 행복했었다. 『파그마 수도원』과 『적과 흑』은 또 어떤가? 책을 통해 시대와 장소를 초월한 대문호들을 만났다. 그러다가 강의실에서 직접 전공교수님께서 들려주시는 문학 토론수업은 가슴 뛰는 순간 순간들이었다.

우리나라 '가사문학'을 공부하면서 교수는 그들 고장의 조선시대 아름다운 정원 소쇄원에 대해서 자세히 설명해주셨다. 그날 대형 스크린에는 푸른 대나무 숲이 있는 널따란 암반 계곡에 세운 소쇄원 누각이 나타났다. 영상으로 시작하는 수업은 대체로 의미전달이 빨랐고 그들을 달뜨게 했다.

"소쇄원을 지은 양산보는 15세에 왕도정치를 표방하고 개혁을 추진했던 정암 조광조를 만나 그의 문하에서 수학하게 됩니다. 그런데 스승인 조광조가 기묘사화로 유배당한 후 화순 능주에서 사약을 받고 세상을 뜨자 큰 충격을 받게 되죠. 현세적인 벼슬길의 무상함을 깨닫고 결국 학우들과 고향에서 은둔생활을 택하게 됩니다."

교수는 스승을 잃은 당시 제자들의 마음으로 돌아가서 슬픈 어조로 말했다. 밤 늦은 시간 강의를 듣는 그들의 마음도 한없이 씁쓸해갔다. 아는 만큼 본다고 했다. 사약을 받은 스승의 죽음이 제자들에게는 슬픔이 되어 그들 가슴에 눈물로 각인되었다.

"이 슬픈 스승의 사랑이 훗날 양산보가 17세의 젊은 나이에 창암촌 계곡으로 들어가 소쇄원을 꾸미게 되는 계기가 됩니다."

사제 간에 느끼는 정이 슬픔이 아픔으로 아로새겨지는 것 같아 숙연했다.

"당시의 왕이었던 중종은 연산군시대의 악정을 개혁합니다. 조광조를 비롯한 신진사대부를 중용하여 그들이 표방하는 왕도정치를 실시하려고 합니다. 그러나 조광조 등의 개혁이 너무 이상주의적이고 조급하게 진행되었고 그 때문에 훈구파 즉 반정공신들의 반발을 초래하게 됩니다. 이는 결국 기묘사화를 불러일으켰죠. 그러다보니 신진사대부들의 꿈이 좌절되고 마는 계기가 됩니다. 안타깝게도…."

전공교수는 화면을 가리키며 다음 장으로 그들을 데리고 갔다.

"그래서 이곳 소쇄원에는 그들의 슬픔이 심은 나무가 자라고 있습니다. 울분이 파놓은 연못도 있습니다. 그들 선비들은 계곡에서 흘러내리는 자연의 물길을 그대로 살려 기와를 얹은 흙돌담을 경계로 건너뛰는 다리를 놓았습니다. 그 건축기법은 당시로서는 대단한 것이었습니다. 답사를 가게 되면 꼭 찾아보도록 하십시오. 그런 만큼 널따란 암반 계곡에 세운 소쇄원은 단순한 풍류가 아닙니다. 버리지 못한 젊은 날의 꿈이고 여전히 정진하겠다는 제자들의 다짐이기도 합니다."

강의실 형광등 불빛에 다소 피곤해보이는 그들 하나 하나를 찬찬히 바라보시면서 교수는 힘주어 말했다.

"오늘 이 시간이 여러분과 마지막 수업입니다. 많이 아쉽습니다만 여러분은 조선시대 운둔학자들처럼 힘든 시간을 견디며 최선을 다하고 예까지 왔습니다. '고진감래'라는 사자성어로 이 시간 강의를 모두 마치겠습니다."

전공과목 4학년 2학기 출석 수업이 끝이 났다. 다음 주부터는 막바지 졸업시험이 시작된다. 어떻게 하든 최종학점을 마무리하고 졸업을 해야 한다는 일념뿐이었다. 생업에서 오는 각종 스트레스는 밤하늘에 흩뿌렸다. 야밤에 스탠드에 불을 켜놓고 새벽을 기다리는 파수꾼이 되어 교과서를 파고들었다. 3층 옥탑 좁은 방안에서 추위에 덜덜 떨면서 심지어 이불을 뒤집어쓰고 책상 앞에 앉았다. 발이 시리면 양말도 겹겹이 신었다. 졸음을 쫓느라고 밤에 마시는 카페인이 들어 있는 커피도 마다하지 않았다. 자정을 넘긴 시간에 멀리 어두운 창밖을 보다가 도회지 곳곳에 불 켜진 방들의 불빛이 드문드문 반짝이면 큰 위로가 되었다.

고달픈 삶속에서 이 지구상 어딘가에 자신처럼 깨어 있는 자가 다수가 아닌 소수가 있다는 '아름다운 동행'이 주는 의미로 해석했다. 상당한 친밀감으로 다가왔다. 심지어 사위어 가는 어두운 밤하늘에는 별빛도 무수히 빛나고 있었다.

어렵사리 졸업시험을 치렀고 가벼운 마음으로 그동안 촌음을 아끼던 두 사람은 길을 나섰다. 옛 선비의 발자취를 더듬으며 소쇄원으로 향했다. 입구에 빽빽하게 우거진 대나무 숲은 운치가 있어 좋았다. 주변 나무숲과 계류, 바위 곁에 슬쩍 정자를 얹고 원림을 가꾸었다. '맑고 깨끗하다'는 이름을 붙인 소쇄원은 그들의 바람처럼 한겨울 못 잊을 사람하고나 나누고 싶은 둘만의 장소가 되었다. 깊이 안으로 들어가면 갈수록 대나무 숲에서는 남도의 풍류가 흘러넘쳤다.

"부질없다. 부질없다."

싸락눈으로 내리고 있었다. 사각사각 눈에서는 소리가 났다. 희뿌연 하늘을 품고 날리고 있는 눈 덮인 대숲에서는 〈라스트 카니발〉이 예리하게 해금으로 연주되고 있었다. 조용한 혁명과도 같은 소리 없는 아우성이었다. 그들 안에 내밀한 곳으로 치밀하게 치닫고 있었다. 운동화를 신은 발에서는 뽀드득 뽀드득 눈 밟는 소리도 정겹게 들려왔다. 둘이 맞잡은 두 손의 따뜻한 온기도 느껴졌다. 눈 속에 갇힐 것만 같은 불안감 속에서도 소주 한두 잔의 취기가 올라 기분이 상승되고 있었다. 이제 돌아서기에는 이곳 풍류가 너무 아깝다는 엉뚱한 생각을 했다. 심지어 눈 속에 푹 빠져도 좋다는 둘만의 고립을 만끽하고 싶은 욕구도 조금씩 일어나고 있었다.

산골짜기를 끼고 하얀 눈은 시간을 다투며 쌓여갔다. 얼마를 걷자 언덕 위에 하얀 눈을 머리에 쓴 기와선이 아름다운 작은 누각이 나타났다. 갑자기 생기가 돌았다. 그들의 발걸음은 눈 속에 푹푹 발이 빠지면서도 겁없이 계속 나아갔다. 주변은 하얀 눈이 반사되면서 대낮처럼 환했다. 머리 위에는 헬기가 날고 대설주의보가 있었지만 개의치 않았다. 발목이 푹푹 빠지는 하얀 눈을 밟고 새로운 길을 내며 골짜기 언덕 평평한 마당 위로 드디어 올라섰다.

소쇄원 전체의 풍경이 내려다보였다. 고고한 품위를 더하여 눈앞에 한 폭의 동양화로 아름답게 펼쳐져 있었다. 조선시대 은둔의 선비가 기다리고 있기라도 하듯이 반가움이 울컥 밀려왔다.

그때 그가 보낸 손편지가 그녀의 기억에서 되살아났다.

— 여기 내 안에 설희라는 한사람이 있었기에

묵직한 커피 향에 이끌려 산사 카페 문을 열고 들어섰을 때 처음으로 님과 마주쳤습니다. 그때 왠지 모를 따사로움으로 온몸이 감전되었습니다. 결코 놓치고 싶지 않다는 내 안의 사람이라는 놀람을 목격했습니다. 그날은 훗날을 기약하며 발걸음을 돌렸습니다.

그러다가 방통학습원에서의 두 번째 만남은 약속이나 한 듯 꿈결처럼 이루어졌습니다. 마치 하늘에서 정해준 더없이 귀한 날로 존재했었습니다.

어쩜 우리는 안개빛 같은 청춘을 두려워하지 않았습니다. 고난의 길을 시련의 화덕에다 불을 지피며 살아왔습니다. 하느님의 깊은 뜻이 있었기에 은혜로운 삶에 감사하고 찬양합니다. 부모님 도움 없이 알바로 공부를 하고 방송통신대학을 졸업하게 된 것입니다. 앞으로는 취업을 기다리는 희망찬 삶이 펼쳐지겠기에 용기내어 몇 자 적었습니다.

이제는 더 이상 참기 어려움을 고백합니다. 님과 소중한 인연으로 맺어지기를 바라며 사귀고 싶습니다. 짝사랑이 아니길 빌며, 바라며…. 우리 넓은 세상을 마음껏 훨훨 날아올라요.

순도 깊은 두 사람의 사랑으로….

그는 국문과 출신 아니라 할까봐, 무척이나 감동적으로 손편지를 썼다. 손편지를 추억하며 설희는 소쇄원 정자에 도착했다. 그가 작은 손수건을 작업복 주머니에서 꺼내 그녀의 머리와 어깨에 놓인 눈을 부지런히 털어주었다. 잠깐 사이에 따사로운 눈길이 서로 마주쳤다. 마루에 쌓인 눈을 그는 나무 접자를 꺼내 쓸어냈다. 자신의 작업복 윗도리를 벗어 자리를 권했다. 목공일을 돕고 있다는 그의 섬세한 손길을 느낄 수가 있었다.

'내가 남자 선택은 잘했다니까.'

속으로 쾌재를 불렀다. 그의 손놀림과 배려심이 남달랐기 때문이었다.

"중전! 이 높은 곳에 앉아보실까요?"

"전하, 통촉하여주옵소서. 아니되옵니다."

서로 잘 통하는 유머까지 주고받으며 널따란 암반 누각 마루에 나란히 앉았다. 돌아갈까 몇 번을 망설이다가 이렇게 멋진 곳을 발견하다니 감회가 무척 새로워 돌아갈 집 따위는 생각하고 싶지 않았다. 다만 하얀 세상 속에 둘이 들어와 있다는 사실만으로 기뻤다. 주변은 죽은 후에나 존재할 것만 같았다. 아마도 둘의 영혼은 여기 어디쯤 머물고 있겠구나 하는 신비로움까지 느껴졌다. 불안함 따위는 없었다, 그러나.

점차 주변은 스승님을 잃고 운둔생활로 접어든 옛 선비의 고고한 체취가 느껴졌다. 고요함이 몰려오면서 한기도 동반했다. 설희는 배낭 속에서 무릎담요를 꺼내서 나란히 덮었다. 조용히 슬픈 감흥에 젖어들자 힐링이 찾아왔다. 가슴이 두방망이질했다. 쿵쾅! 대숲에서는 휘파람 소리가 간간히 났다. 눈부신 완벽한 고립이 운명처럼 찾아왔다. 설희는 엉겁결에 그의 어깨에 몸을 기대었다.

그때 그의 거친 입맞춤이 혀끝으로부터의 뜨거운 애무가 당혹스러웠지만 능히 감당했다. 그러다가 주위가 다소 잔잔해지는가 싶으면 거센 바람이 대숲으로 불어왔다. 고요함을 깨우고 눈발이 흩날리고 끝내는 대나무가 쪼개지는 소리가 엄청난 경외감으로 다가왔다. 그가 오래도록 가슴으로 품었던 그녀를 풀어주며 말했다.

"설희야! 삶이 몹시 불안하고 힘겨워질 때도 저 대나무의 숙명처럼 청청하게 올곧게 사랑하다 가자."

그녀는 고개를 끄덕였고, 그때 희미한 장면이 사라지면서 정신이 번쩍 들었다.

남편은 자신의 첫 생일날 저녁 집으로 돌아오지 않았다. 시계는 밤 8시를 쳤고 통화가 되지 않는 상황이 계속 지연되고 있었다. TV를 틀자 화면에 '물류센터에서 152명의 확진자가 발생했다'는 자막이 떴다. 설희는 깜짝 놀라 시선을 TV 화면에 고정시켰다. 온몸이 와들와들 떨려왔다. 하늘이 무너져 내려앉는 것 같았다. 그 자리에 붙박이로 꼿꼿이 서서 같은 말을 되뇌었다.

'침착하자, 침착하자.'

— 확진자 발생으로 해당 터미널은 현재 임시폐쇄 조치된 상황이며 밀접 접촉자들은 모두 코로나19 검사가 진행 중이다. 일각에서는 택배기사의 확진으로 배송 차질의 빚어지는 것이 아니냐는 우려의 목소리가 있다.

그날 주인을 잃은 남편의 첫 생일상은 싸늘하게 식어만 갔다. 이것이 마지막임을 지각하는 슬픔의 무게가 엄습했다. 애절함으로 마음 곳곳을 날카로운 칼로 도려내고 있었다. 어느 결에 새벽의 여명 속으로「그대가 곁에 있어도, 나는 그대가 그립다」는 류시화 시인의 시가 설희의 주변을 떠나지 않았다.

'물속에는 물만 있는 것이 아니다. 하늘에는 그 하늘만 있는 것이 아니다. 그리고 내 안에는 나만이 있는 것이 아니다….'

생일상 주인을 잃은 방안에는 새벽 여명만이 찾아온 것이 아니었다. 화장대의 화장품도 옷장의 옷도 쓸쓸하긴 마찬가지였다. 이 모두의 운명은 그들 두 사람의 의사가 아닌 강제로 진압된 것이었다.

남편의 체취가 남은 방안은 어느새 허허벌판으로 휑하다.

— ○○택배 이천물류센터에서 지난 26일 첫 확진자 발생 이후 이날까지 총 21명이 확진 판정을 받았다. 이천물류센터는 일평균 78만 건의 택배를 처리하는 최대 규모 메인 물류센터다.

애꿎게도 택배 배달차가 아파트 입구 앞에 서고 물건을 배달했다. 그 숨가빴던 이 땅의 하루 동안 릴레이 모두를 끝내던 남편은 지금 어디로 갔는가. 그가 짙은 어둠속에서 아내가 있는 집으로 향하고 있음을 거듭 확인하는 그 설렘은 다 어디로 갔는가.

누군가를 기다리는 사람의 뒷모습을 바라보는 것만으로도 우리들의 삶은 고달프다. 새벽같이 허허벌판으로 억새가 우거진 산언덕을 넘어 힘겹게 달려오는 이도 서글프다. 이미 기차가 떠난 간이역에 도착한 사람도 슬프기는 마찬가지다. 이 난처한 기다림을 누가 있어 받아줄 것인가.

설희는 회복실에 머물고 있다. 남편은 중증환자실로 매일 15분 간의 면회시간이 주어졌다. 유리 창살을 두고 침대에 누워 있는 그를 바라만 본다.

"여보, 그만 자고 일어나봐."

"설희가 왔잖아. 안 보고 싶어."

"제발! 눈만 뜨면 나를 볼 수 있어."

"자기야! 이제 면회는 올 수가 없어. 외로워도 혼자 참고 이겨내야

해.”

뇌사상태로 의식 없는 그가 주먹을 꽉 쥐고 설희 말에 집중하려는 듯하여 가슴이 더욱 뭉클했다. 병상에서 어서 일어나기를 코로나 전으로 돌아가고 싶다고 외치고 싶다. 격리된 병실에서는 하루에 한번씩 의사와 간호사가 지나간다. 음압병동 회복실에서도 바깥세상의 말간 하늘이 보인다.

오늘은 꽁꽁 언 하늘이 몹시도 차갑다. 계절의 끝자락을 통과하는 겨울바람이 확진자들에게는 더욱 위협적으로 다가온다. 마치 시베리아 벌판을 달리는 횡단열차와 같다. 남편을 찾는 그녀의 목소리는 갈라지고 차창 사이로는 새로운 아침이 오고 있다.

늘씬한 키를 자랑하는 잣나무 숲이 햇빛에 반사되면서 황금빛으로 빛났다. 설산이 하얗게 줄지어 병풍처럼 놓여 있다. 침엽수림 사이로 하얗게 얼어붙은 거대한 대자연의 속삭임이 허허로움이 황금빛 햇살로 물들었다.

그리고 어두운 밤이 되자 차창에서는 믿기 어려운 밤하늘이 펼쳐졌다.

‘저게 다 별인가?’

별을 바라보다가 설희가 한마디 한다.

‘온 세상이 별들의 잔치야. 여보야, 지금은 몹시 운수 나쁜 날이지만 좀 참아줄래. 당신의 한판 승부를 마음을 다해 빌게.’

이런 욕심은 사랑하는 남편을 위해 얼마든지 꿈꿔도 좋을 것이다. 열차가 달리는 골목길에서는 문을 굳게 닫은 가게가 부지지수로 늘

어났다. 도자기 공예품 가게도 문을 닫았다. 천연 소가죽으로 가방을 만든다는 가죽 공예품 작업실도 '폐업'이라는 딱지를 붙였다. 골목 안 예쁜 상가들이 사라진 지 이미 오래되었다.

겨울 한가운데를 걸어다니는 레일 위의 세상을 붉은 동백꽃들이 피어나고 있다. 정경은 핏빛이다. 칼바람이 지나가면서 작은 녹색 잎을 흔든다. 하얗고 붉은 동백꽃 물결이 겨울숲에서 일렁인다. 차창 가에는 붉은 몸짓들의 잔상만이 뚝뚝 떨어지고 있다.

'주님! 저들을 불쌍히 여기소서. 불쌍히 여기소서.'

지난 날 소쇄원에서는 원림을 뒤로 하고 다시 세속으로 향하는 길에 댓잎 스치는 바람소리가 그들을 배웅했었다. 폭설로 인해 대나무 통이 휘어지는 소리는 다름 아닌 남자의 꿈이 좌절되는 소리라는 것을 그때는 몰랐다.

열차 회복실로 돌아온 설희는 정신을 잃을 정도로 아팠다. 토하고 열나고 자가호흡이 안 돼서 응급조치를 받았다. 엄청난 변화를 겪고 있었다. 그러다가 점차로 호전의 기미가 보이면서부터 가벼운 식사가 제공되었다.

그러자 따끈따끈한 커피 한 잔이 먹고 싶다는 욕구가 서서히 고개를 들었다.

"커피 마니아세요?"

지난 날 산사에서 그녀에게 묻던 남편의 중저음 목소리가 어디선가 훅~ 바람결에 실려왔다. 커피 바리스타 자격증이 있는 설희는 한때 사찰 작은 카페에서 알바를 한 적이 있었다. 당시는 남미 특유의 붉은 땅 테라로사의 향수처럼 커피 향을 좋아했다.

그곳 강원도는 높은 산들로 참으로 산새가 절묘했다.

소나무와 전나무 숲이 우거져 있었다. 하얀 속살을 지닌 자작나무도 줄지어 서 있었다. 남쪽이 고향인 설희가 이렇게 먼 곳까지 길을 떠나 여행 중이라니 세상은 예측불허며 요지경 속이다. 사철 따뜻하고 잎이 큰 나무가 있는 남쪽에서 살았다. 백두대간이 지나가는 우리나라를 대각선으로 가로질러 북동쪽 끝으로 와버렸으니까.

누구는 해외로도 날아다니는 세상에 이 정도의 뜀박질은 아무것도 아니었다.

인생의 터닝포인트라 할까?

그녀는 고등학교를 졸업하고 이모가 경영한다는 강원도 산사 곁에서 잠시 쉬어갈 예정이었다. 잎이 뾰족한 침엽수가 많았다. 계곡물 차고 흐르는 소리가 청아하니 고왔다. 따스한 아침 햇살이 가득한 날이면 초록빛 에너지가 산속에 가득 차올랐다. 통나무집 이층 다락방 창문을 활짝 열면 사랑스런 새소리의 지저귐이 들렸다. 밖으로 나가 크게 심호흡을 하면 깨끗한 에너지가 몸 속 깊이 들어와 알알이 박혀 새로운 기운을 얻곤 했다.

잠깐의 휴식이 바리스타 자격증으로 인해 문제가 생겼다. 세상이 시시각각으로 변하면서 산사 기와지붕의 전통찻집도 원두를 볶아서 파는 카페로 탈바꿈했다.

"설희야! 커피 바리스타를 구하기도 힘들고 알바생으로 도와주면 좋겠는데?"

"이모! 제가 해야 할 공부가 아직은 있어요."

"공부?"

"대학에서 국문학을 전공하고 싶었거든요."

"응, 그래. 워낙에 넌 책을 좋아하니까. 작가가 되고 싶은 게로구나?"

"꼭 그런 것은 아니고, 등록금이 문제예요. 고민 끝에 낮에는 일하고 밤에는 집에서 공부하는 방송통신대학을 선택할까 해요."

"대단하구나, 아주 진취적이야. 요즘 아이답지 않게 기특하기도 하고. 이 이모가 월급은 톡톡히 쳐줄게. 여기서 일 년만 수고하고? 다니면 안 될까?"

우선은 경제적으로 자립을 해야 할 형편이라 몇 번을 고민하다가 조용한 산사에서 좀 더 눌러앉기로 했다. 그날은 저녁 예불을 알리는 범종 소리가 들렸다. 서산에 해가 뉘엿뉘엿 넘어가고 있을 때 카페 문을 밀고 들어서는 젊은 청년이 있었다. 가게를 한참 어리숙하게 둘러보다가 조용히 그녀에게로 다가와 한마디를 건넸다.

"커피 향을 놓칠 수가 없어서…."

설희는 손님을 보고 빙그레 웃었다.

"이런 데 커피 가게라니요?"

"참 좋은 세상이죠."

맞장구를 쳤다. 생두가 갈색의 원두로 재탄생하는 과정의 비밀은

로스팅에 있다. 2, 3일 전 로스팅을 끝낸 원두를 핸드드립으로 커피를 내리고 있는 중이라 더욱 향이 짙었으리라.

"시음해보시겠어요? 콜롬비아 커피예요."

드립용 큰 유리잔을 들어 작은 종이컵에다 부어 그에게 내밀었다.

"뜨거워요. 천천히 마셔요."

그가 조심스럽게 받아 한 모금씩 음미했다.

"아하! 커피 맛이 깨끗하네요. 힐링이 되는 느낌이에요."

"오묘한 과일 맛이 특징입니다. 오미자차 같은 녀석이죠."

"예쁜 녀석이군요."

"매일매일 일 때문에 지쳤거든요."

"조용한 산사하고도 커피가 어울리다니 뜻밖이죠?"

"커피 마니아세요?"

"아뇨. 커피를 마시다보니 순수 커피 맛을 알게 되었어요."

젠장, 커피 향이 기억 속에서 사라졌다.

'이게 뭐야?'

'무엇이 또 문제야?'

'어떻게?'

의문의 수식어들이 터널을 수차례 지나갔다. 의식하지 못한 것들이 줄지어 나타났다. 남편의 임종이 가까웠다는 연락을 받았다. 마지막 가는 남편을 설희가 얼굴을 보고 싶어한다는 소원마저도 19열차에서는 뿌리쳐야 했다고…. 설희의 소원을 들어드릴 수 없어 의료진들도 또 한 차례 슬픔을 토로했다고 전했다.

"말도 안 돼?"

너무나 기가 막혀 오열했다.

감염을 우려한 의료진의 제지로 19열차 옆칸에서 마지막 이별을 할 수밖에 없었다. 대신 그들은 이중 삼중 전신이 차단된 복장의 레벨D 방호복을 입고 24시간 그녀를 한동안 보살폈던 의사와 간호사들이다. 지금은 남편 주검의 입관 절차를 직접 치르고 있다. 방호복 속에 흐르는 땀만큼이나 고글에 고인 눈물로 온몸을 떨고 있는 모습을 먼발치에서 보았다.

그녀의 남편처럼 코로나19 바이러스 감염으로 사망한 시신들은 국가지정 화장터로 갔다. 화장한 뒤에 봉인된 유골을 받는 것으로 끝이 난다. 불과 며칠 만에 벌어진 일이라 그 어떤 것도 할 수가 없다.

대부분 코로나19 희생가족들은 무엇이 어떻게 돼서 왜 죽었는지도 모르는 채, 그저 코로나바이러스 때문에 죽었다는 것이 문제다. 이 시대 슬프지 않은 사람이 한둘 있으랴 만은 한 치 앞을 내다보지 못하는 게 인생살이인 것을 어찌하랴.

하지만 설희는 신종 코로나바이러스 감염자들 옆을 지켜주고 있었던 의료진들 덕분에 살아났다. 희비가 엇갈린다.

누가 있어 누구를 원망하랴.

"의사 선생님, 이게 무슨 일이래요?"

"바이러스가 후각신경을 침범했다면…."

"맛을 느낄 수 없나요?"

“후각신경은 뇌신경입니다. 뇌신경은 중추신경이어서 한번 손상되면 회복이 잘 안 됩니다만 아직은 젊으니까. 기다려보셔야 할 것 같아요.”

설희에게 후유증도 만만찮다.

그들 신혼부부처럼 지상에서 짧은 시간에 아낌없이 사랑하다. 못 견디게 그리워하다. 메아리처럼 순간 사라지면 잘 준비한 삶이 되는 것일까?

쓰다 만 일기장처럼 설희의 남편은 가고 없다.

그러나 신은 말한다.

인간은 흙에서 왔으니 흙으로 가나니….

그리스도 재의 예식이 가슴에 꽂힌다. 인생의 겨울로 표현되는 그의 죽음 앞에서 설희는 그냥 흙으로 빚은 짝 잃은 각시인형에 불과했다.

제8장 대구역

천국의 날

백 년에 한번 온다는 3월 5일은 '천국의 날'이다.

일명 하늘 문이 열리는 날로 대구역은 어두운 침묵 속에 고이 잠들어 있다. 좀처럼 열차가 다가설 수가 없다. 해괴한 일들이 일어나고 있었기 때문이다. 인산인해 물결 속에 사람들은 해골 분장을 하고, 또 어떤 이는 팔뚝만 한 해골을 둘러매고 휘청거리는 몬스터, 괴물 분장을 한 사람들로 가득하다. 남녀노소 가리지 않고 해골 분장을 하거나 춤추고 노래를 부르면서 거리를 활보하고 있다.

소름이 돋았다.

이 불길한 복장들은 다 뭔가?

영호엄마는 아들을 찾아헤매고….

오늘은 주님께서 사랑하시는 사람들이 지상으로 내려오는 날이다. 하늘나라 천국에서 영원히 살 수 있다고 믿는 영혼들도 함께…. 그래서 산 자들은 망자들의 추억을 끄집어낼 수 있는 다양한 복장들을 하고 그들을 만날 장소를 찾아다닌다.

영 시가 되자 징이 쉴 새 없이 울렸다.

'빅토르 위고 위령'이 십자가 형의 하늘 문을 향해 징을 쳤다. 수많은 사람들이 질서정연하게 하늘 문을 향해 기도를 바쳤다. 그때 검은 구름에 갇혀 있던 하늘이 서서히 열리면서 태양빛이 지상으로 무수히 쏟아졌다. 눈부신 하늘빛살 무늬를 받으며 하느님의 영상이 비쳤고, 수호천사들의 기상나팔소리가 울러퍼졌다. 군장으로 무장한 보초병들이 고대 이집트의 『사자의 서』를 머리에 높이 쳐들고 파라오들의 전차 행렬이 이어졌다. 그 뒤로는 십자군전쟁에 참가한 깃발들이 따랐다. 깃발 뒤로는 17, 150, 305, 2045… 확진번호판을 등에 붙인 코로나19 희생양들이 해골가면을 쓰고 땅으로 내려오고 있는 것이었다.

천사들의 기상나팔에 이어 지상에는 웅장한 구노의 〈아베마리아〉가 연주되고 있었다. 이 음악을 들으면 조선의 후손으로서 매우 슬프고 미안하다. 구노와 매우 친한 친구가 19세기 조선에 선교사로 갔다가 순교했다는 소식을 전해 듣고 그가 눈물로 작성한 성모송이다.

아베마리아, 아베마리아… 은총으로 가득하신 마리아여! 기뻐하소서! 주님께서 함께 계시니 여인 중에 복되시며 태중의 아들 예수님 또한 복되시나이다. 천주의 성모 마리아님, 이제와 저희 죽을 때에 저희 죄인을 위하여 빌어주소서. 아베마리아.

영호엄마는 흐르는 눈물을 훔쳤다. 고이 잠들어 있던 영원한 안식 속에 낯익은 이들의 발걸음을 찾고 있었다. 혹시나 내 아들도 저 속에 있을 텐데 하는 기대감으로…. 검은 수단의 치마를 입고 목에는 십자가를 걸고 있는 신부들 속에서 요셉 신부가 보였다. 그런가 하면 약국에나 실험실에서 자신의 옷을 보호하기 위해서 입는 흰 가운에 청진기를 목에 두른 의사들 틈에서도 홍해영 여의사를 어린 나이에 삶을 마감한 반신 고무로 만든 해녀복 차림의 다영외할머니도, 설희의 남편 택배기사까지 다양한 직업인들의 행진이 이어지고 있다. 요란한 꽹과리 소리와 함께 망자들의 깃발들이 마치 큰 바다 물길로 흘러들어와 갖가지 색의 물감으로 칠해져나갔다.

이 해괴한 짓들은 다 뭔가?

영호어머니는 좀처럼 정신을 차릴 수가 없었다.

죽은 이들이 모처럼 이승의 가족이나 친구를 만나기 위해 찾아온다고 한다. 모든 인간은 한번은 죽어야 하고 죽음의 비극에 처해 있는 우리들에게 천국 이야기는 실로 대담하다. 획기적인 세계관이 아닐 수 없다. 죽음이 인생의 끝이 아니라 더 좋은 곳으로 가기 위한 부활의 관문이라면 삶의 이야기는 크게 달라지기 때문이다.

아들의 영혼이 길을 잃지 않기를 바라는 마음에서 그들 부부도 합류했다.

남편은 아들이 미사봉헌 때 입었던 복사 옷을 허리에 띠를 두른 흰색의 거룩한 옷 '장백의'를 입었다. 영호엄마는 아들이 평상시 머리에 즐겨 쓰고 다니던 하얀 모자와 파란 체육복 차림이었다. 그들은 몸에 맞지 않아 품이 크거나 짧지만 상관하지 않았다. 거리에는 감미롭고 포근한 색소폰 반주의 노래가 들려왔다.

옛날에 금잔디 동산에 메기 같이 앉아서 놀던 곳~.

아들 영호와 같이 놀던 놀이터며 야외 소풍길이 떠올랐다. 수많은 추억들이 시간이 지나니까 희미하게 사라졌다가도 다시 아득하니 일어나 몹시 숨이 찼다. 이 노래는 사랑하는 아내 메기를 잃고 슬픔에 잠긴 캐나다 작가가 쓴 노래다.

그런가 하면 매혹적인 허스키 목소리의 여가수가 발라드 풍으로 부르는 노래도 가슴 찡하게 도처에 흘러다녔다. 라틴아메리카 특유의 달콤하면서도 쌉싸름한 재즈 음악도 분위기를 높여주었다.

이곳에서는 슬픔과 즐거움을 동시에 자아내고 있었다.

그때 멀리 작은 동산 위에 제단이 보였다.

“여보! 저기~.”

“그래.”

제단까지는 숨이 찼지만 숨을 고르면서 급히 수십 개 계단을 밟고 올라섰다. 그곳에는 여러 가지 색깔의 떡과 꽃으로 장식한 제단이 마련되어 있었다. 천국길을 안내하듯 향이 타오르고 있었다. 특히 죽은 이가 자기가 살았던 곳을 쉽게 찾아갈 수 있도록 그 길가에는 사철나무 가지를 깔아놓았다. 바닥에는 핑크빛 꽃들로 다양한 그림을 그려놓았다.

마치 행위예술을 보듯 화려하기가 극에 달했다. 아마도 망자가 혼자 가는 저승길을 환하게 밝히고 싶은 산 자들의 마음인 것 같았다.

바람이 불어오면서 길거리 벚나무에서 하얀 꽃비가 높은 나뭇가지에 청사초롱으로 매달린 꽃나무 사이로 하늘거렸다.

영호어머니의 볼에서도 꽃비가 흘러내리고 있었다.

그때 선한 아들의 눈빛을 닮은 해골가면을 쓴 자가 멈춰서서 그들 내외를 눈여겨 바라보고 있었다.

'이 냄새? 아들 냄새가 분명한데….'

"여보! 당신 봤어."

"응, 그 눈빛…."

"분명해!"

너무나 놀란 나머지 꿈인지 생신지 분간이 가지 않았다.

"영호야! 영호야!"

아들의 이름을 부르며 정신이 혼미한 상태에서 주변을 살펴보았다. 금방 그들의 눈에서 사라져버린 뒤였다. 어디선가에 서서 이쪽을 보면서 미소짓다가 손이라도 흔들어보일 것만 같아 두리번거렸다. 하지만 많은 사람들 속에서 그만 놓쳐버렸다.

아들은 천국에서 여기로 온 것이 분명해보였다. 우주의 법칙은 믿는 대로 이루어지는 법이라 그렇게 믿고 싶었다. 혹시나 하고 역 지하도로 통하는 길로도 급히 내려가보았다.

그곳 지하에는 코로나19 희생자들을 위한 추모촛불이 타고 있었다. 짙은 향을 피어올리고 있어 목이 몹시 칼칼했다. 벽이란 벽은 검은 모자이크로 코로나 희생양들의 모습을 끌로 하나하나 긁어놓았다. 반명함판 크기의 사진으로 전시되어 있었다. 두근거리는 가슴을 진정시키고 하나하나 찬찬히 살펴보았다. 네모난 사진첩 속에 환하게 웃고 있는 고등학생 교복을 입은 아들의 모습이 보였다.

'영락없는 우리 아들이야!'

'영호야! 영호야!'

벽 모자이크를 쓰다듬고 또 쓰다듬다가 그 자리에서 잠시 정신줄을 놓았다.

"여보! 정신 차려요."

어떻게 지하도에서 빠져나왔는지 통 생각이 나지 않았다. 도로에는 검은 바탕에 하얀 국화송이로 수를 놓은 코로나19 희생자 현수막이 그들을 더욱 슬프게 했다.

"이토록 슬픈데, 주님! 하늘이 너무도 푸릅니다."

"하느님은 어디 계십니까?"

그런데 그 순간 영호어머니의 내부에서 한 목소리가 들렸다.

— 내 마음이 미어지고, 연민으로 북받쳐오른다.

그때『침묵』이라는 소설의 한 장면이 응답하는 것이었다. 일본 에도시대 초기 천주교 탄압의 한가운데 놓인 포르투갈인 사제가 처형되어 순교하는 신자들을 보게 되었다. 신부는 오직 신의 기적과 승리를 기도하지만 신은 침묵할 뿐이었다. 배교를 거절한 신부를 괴롭히며 멀리서 울리는 코 고는 소리를 그는 없애달라고 외친다. 이 소리는 고문을 당하고 있는 신자들이 신음하는 것이라는 사실을 뒤늦게 알게 된다. 이때 신부는 자신이 신앙을 고수해야 하는지 아니면 자신이 배교하는 희생을 함으로써 예수의 가르침처럼 시달리는 사람들을 구해야 하는지 궁극의 딜레마에 빠지게 된다. 그때 가톨릭 신자들을 색출하기 위해 이용한 성화상(예수님 얼굴이 조각된 동그란 동판)을 발로 밟으라고 옆에서 동요한다.

"살짝 올려놓기만 하면 돼!"

수많은 사람들이 밟고 지나간 예수님이시다.

"밟아! 밟아!"

그때 신부의 내부에서 소리가 났다.

— 밟아도 좋아, 밟아도 좋아! 나는 너희들에게 밟히기 위해 세상에 태어난 것이다. 밟아도 좋아. 네 발의 아픔을 내가 제일 잘 알고 있다. 나는 세상에 태어나서 너희들의 아픔을 나누기 위해 십자가를 짊어진 것이다.

사제가 드디어 예수님 얼굴에 발을 올려놓았다.

하느님의 침묵을 그 누구보다도 뼈저리게 가슴 아프도록 느끼시는 분은 하느님 당신이셨다.

"저희 하느님!"

"저희 하느님!"

"어찌하여 저를 버리셨습니까?" (마르 15, 34, 시편 22, 2)

예수님께서도 십자가에 매달려 울부짖었다. 고통받는 인간들을 위하여 고통을 외면하신 것이 아니라 침묵으로 고통받는 너희와 함께 괴로워하고 있었다고, 말씀하신다.

'엘리 비젤'『홀로코스트 생존』으로 알려진 유대인 작가는 다음과 같은 글을 쓰고 있다.

— 아우슈비츠 강제수용소에 수천 명의 유대인들이 상처받은 표정으로 모여들었다. 곧 가스실로 갈 유대인들에게 밤이 다가왔다.

"당신에게 저들의 신앙과 저들의 분노와 저들의 반항심을 나타내고 있습니다. 저 고통받는 무리에 대한 당신은 누구십니까?"

"이 끔직한 죽음을, 바라만 보시는 당신은 누구십니까?"

"이 상황에 하느님은 어디 계신가요? 이 모든 와해와 부패 앞에서 우주 만물의 주인이신 당신의 전지전능함은 무슨 의미가 있습니까?"

"무엇 때문에, 아직도 저들의 병든 마음과 육신에 고통을 주십니까? 부조리의 모든 것이 우연에 맡겨진 상태에서 분노를 들어줄 이 없는 냉혹한 심연 속에서 맞설 상대도 없이 고통을 겪는 것입니다. 확실하게 하느님 없이 고통을 겪는다는 것은 정말이지 끔직하고 절망스러우며 어쩌면 불가능한 일일지도 모릅니다."

—내 마음이 미어지고, 연민으로 복받쳐오른다.

확진판정을 받고도 입원하지 못하는 대기환자가 늘고부터 대구에 사는 엄마들은 자녀에게 정서적 안전지대 베이스캠프임에도 불구하고….

그녀는 하나뿐인 아들 영호를 잃었다. 살아 있었다면 대학생이 되어 오늘 입학식을 가졌을 텐데 세월은 무심하게 흘러갔다. 당시 고3 아들이 그리워 아들 냄새가 맡고 싶은데…. 아들이 쓰던 방안에 들어가 한참을 두리번거려보지만 오래 되니까, 오래 되니까 아들 냄새가 사라졌다.

어떻게 옆에 있던 아들이 감쪽같이 사라질 수 있을까?

아들 방 창으로는 연둣빛 이파리들이 빈 가지에서 새록새록 피어나고 아들은 온데간데없다. 벽에 걸린 예수님 십자가상을 본다. 못이 박힌 예수의 손바닥 부위를 살핀다. 못이 박힐 때의 그 아픔 때문에 손목과 손가락이 경련을 일으킬 때 보이는 모양으로 선명하니 남아 있다.

"저희 하느님!"

"저희 하느님!"

"어찌하여 저를 버리셨습니까?"(마르 15, 34 : 시편 22, 2)

예수님께서도 십자가에 매달려 울부짖었다. 고통받는 인간들을 위하여 고통을 외면하신 것이 아니라 침묵으로 고통받는 너희와 함께 괴로워하고 있었다고, 말씀하신다.

바라보기만 해도 눈물이 맺히고 숨 한 모금 제대로 쉬기조차 힘들다. 인간의 잔인함은 어디까지일까? 당시 십자가형을 당하는 죄수들은 인권이 무시된 채 사거리 길가, 언덕 등에서 공개적인 모욕을 당했다고 한다. 처형 후에는 매장조차 거절했고 그 시체는 맹수와 새들의 먹잇감으로 버려졌다.

사람을 말뚝 위에 묶거나 못 박아두는 방식으로 신체의 극심한 고통과 함께 배고픔, 목마름, 수치심을 느끼게 했다. 하지만 목숨을 끊기 전에는 절대로 십자가에서 내려올 수 없는 참혹하기가 이를 데 없는 방식으로 예수님은 십자가에 못 박혀 돌아가셨다. 그리고 사흘 후에 부활하셨다.

주님!

한가지 물어보고 싶습니다. 왜 아들을 주었다가 몹쓸 전염병에 걸리게 하여 하늘나라 천국으로 다시 데려갔나요. 저에게 주신 이 지독한 슬픔을 어떻게 견뎌내라고…. 아들이 세상에 태어났을 때 가족들에게 안겨준 큰 기쁨을 다 어찌하고요.

주님!

아들이 너무나 불쌍해서 견딜 수가 없습니다. 장례식장에서 의료진들이 말리는 바람에 꼼짝할 수 없었습니다. 이 어미라는 사람은 두려운 나머지 피 묻은 아들의 얼굴을 닦아주지도 못했습니다. 마지막 손 한번 잡아주지도 못하고 벌벌 떨면서 산송장처럼 정신을 잃어버렸습니다. 그냥 아들을 불화로에 실려 떠나보내고 말았습니다.

예수님이 아프다.

대구가 아프다.

코로나19 희생자들 가족이 아프다.

슬픔은 계곡의 급류를 따라가다 강물로 흘러 넘쳐 먼 바다로 헤엄쳐 나아가고 있다. 그놈의 코로나19 역병 때문에 가족들은 뿔뿔이 헤어지고 그녀는 자기 연민에 빠져 피폐해져만 갔다. 매일 밤 뒤척이며 불면증으로 잠을 이루지 못하다가 아침 해가 창으로 얼굴을 내밀면 부신 눈을 부비며 눈물로 아침을 연다.

가족이 식사할 때 영호가 없다는 것을 더욱 실망하게 된다.

18년 동안 정 주고 예뻐하고 밥해 먹이고 그런 애를 한순간에…. 큰 병원이라도 보내줬더라면 아들이 살았을 것을…. 응급실에 갈 상황은 아니었는데 기침을 하니까 병원에 갔다. 목이 쉬고 호흡이 조금 가뿐 것 외에는 별다른 증상이 없었다. 폐 사진을 찍고 약만 처방해서 집으로 보내니깐 별 수 없이 집에서 쉬게 되었다.

이튿날 아침에 갑자기 쓰러졌다. 자가호흡이 안 돼서 응급조치로 119를 불렀다. 갑작스러운 급성호흡부진으로 19열차 음압병동 중증환자실에 입원했다. 자동제세동기로 45분 간격으로 지속적으로 호흡을 하면서부터 호전되어 갔으나 돌연 흉부뼈가 부러지는 사고가 일어났다고 한다.

결국 피를 멈추지 못하고 토해서 가망이 없다고 보건당국으로부터 연락이 왔다.

처음 겪는 일이라 의사들도 사망 원인을 정확하게 알 수 없다는 것이다. 기가 막힌 말들이 줄을 이었다. 폐렴일 수도 있다. 폐 손상 정도가 높아서 이것은 코로나가 아니면 이 정도 손상은 될 수 없다고도 아리송한 말들만 난무했다.

영호의 영혼은 하늘나라 끝점을 향해 천상으로 오르는 계단을 밟고 서야 장례식장에서 슬픈 소식을 접했다. 아들 영호를 만나려고 부랴부랴 달려갔다. 이미 대구역 여기저기 널려 있는 시체 사이로 아들의 죽음을 지켜볼 수밖에 없었던 현실을 어떻게 다 설명할 수 있을까?

사망 원인을 조사하는 과정에서도 재검에 재검을 시도하면서 비닐캡에 들어간 아들을 넣었다가 다시 꺼내는 과정을 반복했다. 마지막 가는 길 아들 얼굴을 확인하는 절차도 없이 다만 번호가 붙은 라벨에서 아들 이름만 보았다. 부랴부랴 비닐캡 위에 아들의 교복과 신발을 올려놓고…. 그냥 불화로에 실려보내는 상황을 연출하고 말았다.

도대체 왜?

병원에서는 코로나19로 몰아서 임종도 못 보게 할 것은 뭔가?

13번 검사 마지막에 양성이 나왔다고 한다. 이것은 세계질병학술회에 보고할 사항이라고, 최종 변종바이러스에 의한 양성으로 나왔기에 지금은 어쩔 수 없다.

이럴 수가? 다만 질병관리본부에서 채취를 회수해갔는데 그 결정이 나올 때까지는 미결정으로 된다고….

“우선 사인은 급성폐렴으로 바꿔주겠다.”

“이게 무슨 소리예요? 사망 원인이 급성폐렴이라면 이런 식으로 아이를 돌려보내면 안 되는 거죠. 마지막 손이라도 잡아주고 보냈어야 하잖아요, 손이라도…. 애고애고 답답하고 설운지고 이를 어찌하잔 말고, 울 아들! 불쌍하고, 불쌍하다. 세상은 자기애가 아니라고 한 생명을 소중히 생각 안 하고 국가도 그렇고 병원도 그렇고 시도 그렇고 이래서는 안 되는 거잖아요."

주님!

저에게 주신 독이 든 잔을 제발 거둬주셔요. 나 어찌 살라고 제 아들을 하찮게 취급해서 마음대로 옮기고, 찢고, 죽이기까지 하셨습니까? 자녀의 죽음은 인간이 겪을 수 있는 가장 고통스럽고 끔직한 것이라는 것을 잘 알고 계시잖아요.

그날 열차에서는 안내방송이 수차례 나왔다

— 대구·경북 지역과 신천지를 중심으로 한 폭발적인 감염확산이 되면서…, 높은 시민의식과 의료진의 솔선수범을 바탕으로 우리 사회는 코로나19에 슬기롭게 대응해나가기를 거듭 부탁합니다. 최대한의 사회적 거리두기를 통해 감염을 최소화하기를 기대합니다. 의료진은 몸을 아끼지 않고 기꺼이 코로나19 극복을 위해 피땀을 흘리고 있습니다. 코로나19에 의한 희생을 최대한 줄이기 위하여 의료계는 물론 정부와 국민들께서 지속적인 노력을 기울여야 한다는 점을 말씀드립니다.

벌써 2년 전 이야기가 된다.

대구국제마라톤대회가 열리던 날, 영호아버지와 영호는 함께 뛰기로 했다. 외아들이라 온실에서 키운 화초처럼 세상살이에 제대로 적응하지 못할까봐 그들 부부의 마음은 위태위태했다. 형제가 없다는 것이 홀로 컸다는 사실이 사회생활에 잘 적응할 수 있을지를 항상 의심했다. 더욱 강하게 키우고 싶었다. 그래서 마라톤대회가 있기 석 달 전부터 조금씩 주일 새벽미사를 마치고 공설운동장 트랙을 돌며 뛰기 시작했다. 집에서는 줄넘기로 호흡을 조절하면서 자전거 타기도 게을리하지 않았다.

4월 초 길거리 벚꽃 행렬은 대단했다. 대회 당일에 피니시라인에 영호아버지와 영호는 나란히 서 있었다. 대구의 봄 기온을 만끽하며 대구 2·28공원과 국체보상공원 중앙로에서 출발하여 신천교를 지나 10㎞에 도전할 예정이다. 거의 평지라 큰 어려움은 없겠지만 아침 8시에 출발신호에 맞춰 마라토너들은 엄청 빠른 속도로 출발했다. 주변 사람들이 못 따라갈 만큼 국제 마라토너들은 재빠르게 달려나갔다. 그들 부자는 천천히 호흡을 조절하며 뛰었다. 도중에 굳센병원 의료진들은 주황색 톤의 단체복을 입고 뛰고 있어 진풍경이 따로 없었다. 도로변 벚꽃터널 속으로의 질주는 하늘나라 봄꽃 속을 달려나가듯 눈부시게 아름다웠다. 환하게 웃으면서 함께 뛰는 아들 녀석을 지켜보는 것은 큰 기쁨이며 보람을 동시에 느꼈다고 영호아버지는 훗날 자랑스럽게 이야기했다.

반환점을 돌면 등번호에 RFID 칩이 들어 있기 때문에 이곳을 지나는 선수들은 자동으로 개인의 시간이 체크된다. 한참 뛰다보면 땀도

나는데 중간중간 코스에 봉사팀들이 스폰지로 물을 적셔주었다. 스프레이에 파스도 뿌려주었다. 길가에 응원해주는 분들 덕분에 힘내서 달리고 걷다보니 멀리서 결승점이 보였다고….

당시 마지막을 두고 더욱 힘이 들어 포기하고 싶은 순간순간이 다가오고 있음을 미처 인지하지는 못했었다. 영호를 위해서라도 완주만은 꼭 해야 하는데 하는 영호아버지의 마음은 멈출 수가 없었고 결승점을 앞둔 목표를 달성하기 직전이 제일 힘들었다. 세상사 포기하고 싶은 순간은 목표 달성에 임박했을 때 꼭 오게 마련이다. 그래서 눈앞 결승점을 통과하기 위해서는 그냥 초인간적인 힘을 발휘하는 것뿐이라고. 조금만 가면 끝이라는 것을 알기에 더욱 절실했다.

그래서 영호아버지는 강한 정신력으로 아들 곁에서 버텨줘야 했다. 아들의 체력이 고갈될까봐 슬쩍슬쩍 아들을 보며 끝까지 목표점을 향해 걷다 달렸다를 반복했다.

부성애가 느껴지는 장면이 아닐 수 없다.

영호어머니도 피니시라인 전광판에서 눈을 뗄 수가 없었다. 영호아버지와 영호가 함께 뛰는 출발선인 동시에 나중에 들어오게 될 곳이다. 그녀는 오래도록 가슴 졸이며 기다렸다. 도중에 포기하지 않고 나란히 들어오기만을 완주의 기쁨을 누리기를…. 이마에 성호경을 그으며 화살기도를 바쳤다. 그러면서 전광판을 거듭 확인하고 또 확인했다. 갑자기 부자의 모습이 화면에 잡혔다. 순간 손에 진땀이 뱄고 크게 흥분해서 환호했다.

“영호야! 여보야!”

소리치며 어린아이처럼 그 자리에서 겅중겅중 뛰기까지 했다. 완주기념 메달을 목에 걸고 간식을 받으면서 환하게 웃음지었다. 동시에 영호는 그녀 품에 안겨왔다. 진한 감동의 물결로 힘들게 받은 메달이라 더욱 가치로웠다. 그날 대회 신기록은 케냐 선수가 2시간 5분 33초로 국제 남자부 마라톤 우승을 차지했다.

지금도 아들 방에 들어가면 사진이 있다. 목에 완주기념 메달을 걸고 성취감으로 홍분한 영호와 영호아버지의 모습이. 그뿐인가 첫돌 사진부터 성당 복사단 졸업식 날 찍은 사진이 액자로 놓여 있다. 힘들기도 했지만 아이가 있어 참으로 감사한 시간들이었다.

'아들아! 내 아들아! 엄마에게 추억만 남겨놓고 넌 어딜 그렇게 급히 떠났니?

높은 하늘 저편… 매번 네가 그리우면 하늘을 보는 습관이 생겼다. 시간에 기대어 너를 매순간 그리워한다, 이 몹쓸 어미는….'

새벽을 연다.

영호네는 가톨릭 집안이다.

복사교육을 마치고 선배들의 복사 활동실습을 체험하는 날의 추억이 마냥 새롭다. 매주 일요일 오전 6시 새벽미사가 있다. 하얀 머플러와 하얀 실내화를 신고 아들이 주님을 향한 순결의 빛을 밝히는 촛불이 되기를 간절히 바랐다. 유아세례를 받았고 드디어 복사의 부르심을 받았다. 새벽 여명 속으로 찬 기운과 어둠을 뚫고 복사단이 제대 앞에 무릎을 꿇고 기도로 예를 바친다. 하얀 복사 옷이 제대를 감싸안으며 두 손 모아 합장을 하는 아들을 지켜보노라면 대견하면서도 안쓰러움이 감돌았다. 선배를 따라 하나 하나를 눈치껏 따라하는… 마지막으로 제대 위의 촛불을 끄는 미션까지 무사히 마치고 다시 어린아이로 돌아와서는 그녀 품에 안기던 아들이었다.

특히 신부님께서 미사 봉헌할 때 옆에서 복사를 하던 아들의 모습이 눈에 선하다. 기특한 아들! 복사가 되기 위해 새벽미사에 평일미사에도 빠지지 않았다. 허리띠를 두르고 흰 색의 거룩한 옷 '자백의'를 입고 성시간이나 대축일 전야미사에도 꼭 참석했다. 어린아이에게는 무척 힘든 시간들이었을 것이다. 하지만 그렇게 미사에 참석하고 미사 중에 가까이에서 신부님과 함께 하다보면 성소가 생긴다고 믿었기에 가능했다. 성소는 성직자로서의 부르심을 받는다는 의미있는 말이다. 나름 성당 안에서의 봉사활동이기도 했다.

동산 위 제단을 본다.

아침이 밝아오고 있다. 수많은 영들은 자취를 감추었다. 분주하던 사람들의 발걸음도 잦아들었다.

천국의 날, 하루가 지나가고 있다.

그때 두 줄기 철로를 따라 19열차가 들어오고 있다. 회복실에서 하차하는 이가 있는가 하면 임종실에서 죽음을 맞이한 자들의 장례 절차도 빠르게 진행되었다.

그즈음에 그녀의 여고 동창에게서 카톡으로 연락이 왔다.

슬픈 친구의 자살 미수 소식이…. 영상 속 딸의 시신을 보았고 그렇게나 빨리 갈 줄은 몰랐다고 한다.

친구야!

그 충격파는 너도 겪었지만 말로 표현할 수조차 없다. 어학연수로 미국 간 '딸!' 괜찮다고 답신이 왔는데 갑자기 사망소식이 왔고 딸의 시신은 결국 돌아오지 못했다. 마음은 허약해서 도저히 이 순간 순간을 뚫고 나갈 자신이 없다. 너의 신앙이 믿음이 너를 지켜주고 있음을 나는 안다.

카톡으로 딸의 룸메이트에게서 답신이 떴다.

— 심폐소생술을 하려고 했는데 그것도 너무 늦었다. 그래서 바로 의사가 와서 사망선고를 했다. 코로나에 걸린 줄은 몰랐다. 2,3일 두고 정신을 잃을 정도로 아파했다. 밤에 사방에다 토하고 열이 났다. 다음날 병원 응급실로 갔더니 바로 코로나 양성이라고…. 어떻게 감염되었는지도 모르겠다.

어~ 이상하다. 사실 미국이라는 나라가 슈퍼파워 중에 제일이다. 그런데 어쩜 이렇게 준비가 안 되고 있는지? 코로나19에 대치하는 것은 아무것도 없었다. 너무나 놀랍기만 하다. 미국이 선진국인가, 과연?

공항이 폐쇄되고…. 달리 방법이 없었다. 딸의 영혼은 하늘 어디쯤 떠돌고 있을까? 차갑게 식어버린 딸의 손이라도 만지고 싶은데 이 세상 방어벽이란 벽은 다 바리게이트로 둘러쳐져 있다. 아니 손발이 다 묶였다. 꼼짝할 수가 없다. 딸의 시신은 고국으로 돌아올 길을 잃은 채 달랑 영상으로 찍힌 딸의 장례식 장면만 도착했다.

세상이 미치고 있다.

미쳐버리지 않고서야 밤새 끙끙거리다 약국이란 약국은 다 뒤졌다. 수면제를 사기 위해…. 도저히 딸을 혼자 저승길로 보낼 수가 없어서 뜬눈으로 밤을 새웠다.

'엄마도 곧 가마.'

헛소리처럼 부르짖다가 방안에서 정신을 잃기를 여러 번….

집에 있는 아들이 나를 발견하고는 부랴부랴 119를 불렀다. 담당의사는 응급실에 실려온 나의 손과 발에 상처를 내어 물통에 피가 떨어지는 소리를 들려주었다. 시간이 흐르면서 물소리는 점점 작아졌고 준비된 물이 방울방울 통 안으로 다 떨어지자 나는 그만 죽어 있었다고 한다.

"눈을 떠봐요."

딸이 있는 하늘나라 천국이면 좋을 뻔했다.

심약한 그녀가 사실은 의사가 따끔한 피부자극만 주었을 뿐인데 죽었다는 것이다. 떨어진 핏방울 소리도 사실은 미리 준비된 '물'이었다고. 그때 나는 진짜로 의식을 잃었다. 자신이 죽는다는 생각이 생리작용까지 멈추게 했던 것이라고 한다. 어처구니없는 일을 경험했다. 나는 급히 심폐소생술을 받고 깨어났다.

친구의 이야기는 여기서 끝났다.

이 땅의 의료진들 또한 코로나 희생자 가족들이 감당해야 할 삶의 무게는 어디쯤일까?

그 끝이 보이지 않는다.

뒤늦게 영호아버지도 자가격리 중에 확진자로 양성반응이 나왔다. 보건소 응급차에 실려와 19열차 음압병동에 입원 수속을 밟았다. 슬픔은 꼬리에 꼬리를 물고 일어났다. 주변 인심은 흉흉하게 흘러만 가고 가장 가까운 친지로부터도 멀어져만 갔다. 그 와중에 천만다행으로 완치자로 1개월 만에 스스로 집을 찾아왔다. 하지만 그 고통은 끝나지 않았다. 후유증으로 불면증에 시달리고 있었다. 뇌 문제로 기억이 잘 나지 않는 정보들로 인해 심지어 읽고 받아들이는 것을 힘들어했다.

그러나 현수아빠는 직업을 잃을 수가 없었다.

끔직하다.

시간이 흐르면서 몇몇 증상들은 사라졌지만 계단만 올라가도 숨이 차다고 한다. 스트레스를 받으면 가슴통증이 느껴져서 조심해야 한다고 최대한 말을 아꼈다.

코로나19 희생자로 아들이 가고 친구의 딸이 가고 어미 가슴에 대못을 박았다. 그리움은 말할 필요도 없다. 시간이 지나도 슬픔을 다 지울 수가 없다. 슬픔에 사로잡히면 한 인간으로서 살아갈 회복이 어렵다. 다시 살아내기 위한 발버둥은 자기 몫이다. 스스로 자신의 의지로 배워나가야 하기 때문에 세상은 불공평하다. 그럼에도 불구하고 산 자들은 살아내야 한다. 슬픔은 다 지울 수 있는 게 아니라고 외면하거나 치료할 수도 없다.

제9장 세종역
시작을 위한 선물

반면, 비탄에 잠긴 19열차 다영이 중증환자실 보초병은 『죽음의 서』를 높이 받쳐들고, 병실 밖에서 아직도 꾸벅꾸벅 졸고 있다. 노인은 보초병이 잠든 틈을 이용해 그녀의 병실에 들락거린다. 아마포에 싸여 있던 그가 얼굴을 드러내면서 자주 하품을 했다. 얼굴의 근육을 움직인 탓에 양쪽 눈물주머니에서 눈물까지 짜내고 있다.

지루한 시간을 그는 황금빛 겉옷을 감추고 너덜해진 누더기를 걸쳤다. 태양신을 숭배한 '죽음의 가이드북'을 어떻게든 다영이에게 전해주겠다는 일념밖에 없다. 죽은 자들이 내세에 도착하면 당황하지 말고 부적의 주문대로 단계별 절차에 따르도록 인도하고 싶은 간절함이 있다. 갸륵한 뜻에서 만들어졌기에 최선을 다할 뿐이다.

여권이 존재하는 미라는 람세스 2세가 유일하다. 프랑스정부는 미라의 곰팡이를 제거하기 위해 냉온요법, 방사선치료 등 다양한 방법을 제안했다. 그러나 냉온요법은 미라의 모양을 잡기 위해 미라 속에

넣은 송진이 온도 변화에 어떤 반응을 보일지 몰라 결국 방사선치료를 선택했다. 다행히도 치료는 성공적이었다. 이후 람세스 2세의 미라는 루브르박물관에서 제공한 고대 아마포로 다시 싸여졌다.

그런가 하면, '빅토르 위고 위령'은 다영이가 누워 있는 침대 귀퉁이 네 발을 가지고 하늘로 붕 솟구치게 했다가 벼랑으로 내몰았다가 여전히 짓궂은 장난을 하고 있다. 약속의 땅 가나안의 동쪽 경계를 이루는 요단강으로 그녀의 영을 데리고 갈 차비를 하고 있다. 그것은 그의 의무일 뿐 자신의 뜻이 아님을 밝히고 싶어한다.

뿐만 아니라 세상 사람들의 폰에서는 '카톨, 카톨.' 까불거리며 안전 안내문자 매시지가 뜬다. 매일같이 반복해서 무감각해진 시민들을 자주 일깨운다.

— 가족 지인 간 전파사례 지속 발생

— 마스크 상시 착용 등 방역수칙 준수 당부

— 의심되면 즉시 검사 당부

다영이는 죽음의 길목에서 얼마나 더 서성여야 할까?

주변에는 뜨거운 불화로가 도처에 있다. 코로나19 불씨는 아직도 주변에 민들레 홀씨가 되어 바람을 타고 둥글게 부풀어올랐다. 세상 곳곳, 변이바이러스로 가난한 이들을 찾아다니며 슬픔으로 흩뿌려지고 있다.

세상의 싸늘함 속에서 19열차는 '천국의 날' 대구역을 눈앞에 두고 열차 고장으로 하룻밤을 꼬박 쉬었다. 그 다음날 빠른 회복을 보인 다영어머니와 설희가 완치자로 7호차 회복실에서 내렸다. 설희 남편의 시신은 다른 망자들과 함께 담당 의료진에게 맡겨졌다.

열차는 다시 기적소리를 울리며 세종역을 향하여 전력질주하고 있다.

세종은 조선시대 가난한 백성들을 어여삐 여겨 '훈민정음 해례본'으로 만백성을 보살폈다. 그러기에 백성들은 항체치료제에 거는 기대치가 그만큼 크다. 사람의 생각에는 수많은 주파수가 있다. 비슷한 것은 비슷한 것을 끌어당기는 이치와 같다. 세종대왕의 크신 손길로 만족스러운 치료제가 나오기를 마음을 다해 기다리고 있다.

젊은 세종 충령이 계신 세종역으로 가면 끝이 보일까?

그럼에도 수시로 바퀴가 레일에 부딪치는 마찰음은 극도의 소음으로 치닫고 있다. 그 가운데 주님을 찾는 거룩한 목소리가 간헐적으로 들린다. 다영이가 누워 있는 플라스틱 관 안으로도 수시로 들락거린다.

대자연은 그녀에게 짙은 녹음 속 여름 함박꽃 향기로 내밀하게 속살거렸다. 그러다가도 사나운 바람이 휘몰아치는 폭풍의 언덕으로 몰고 가 인정사정없이 회초리로 후려치면서 그녀가 겪는 고통의 질곡 따위는 아랑곳하지 않았다. 뿐 아니라 한여름 뜨거운 태양은 불같이 타올라 뭇짐승들의 깊은 잠마저도 허락하지 않는다.

하지만 딸을 찾아헤매는 다영어머니의 간절한 영적 주문은 날이면 날마다 온 우주로 퍼져나간다.

은총으로 가득하신 성모님은 어디 계신가요?

내 딸 다영이의 집에는 문이 없어요. 지붕도 없어요.
그래서 하늘이 내다보이는 볼품없는 집이에요.

성모님! 제 목소리가 들리시나요?

비가 오고 또 오면 비에 흠뻑 젖어 내려요, 빗물로.
그래서 세찬 바람이 넘쳐나는 가련한 집이 되어버렸어요.

제발 환한 등불로 다영이의 집을 밝혀주셔요.

다영어머니의 몸은 하얀 조각배 되어 바다를 정처 없이 떠다니는 유랑자가 되었다. 제주에서 코로나19 확진자가 되었다가 석 달 만에 완치자로 19열차에서 내렸다. 그리고 강릉집으로 돌아왔다. 십자가상 앞에 그녀가 부르짖는 고통의 절규는 대단한 것이 되고 만다. 딸을 향한 그녀의 길은 입구를 알 수 없는 복잡한 미궁 속으로 빠져들었다. 바다 위로 둥둥 떠다니는 그리스 '크레타섬'을 상징하는 조각배로 모든 주파수를 '가족 행복'에 맞추고 있다. 짙은 어둠에 갇혀 있는 딸을 위해 낮에도 연꽃등을 밝히면서 둥둥 떠다닌다.

그래서일까?

지방신문 전면에 코로나19 부고 소식이 실렸다. 그리고 한 쪽 귀통이에 '식물인간'으로 있는 '데레사 다영이'를 위해 긴급히 기도 부탁드립니다라는 도움의 글도 게재되었다. 가톨릭 지방신문이긴 하지만 성당 구역별로 급히 전해졌다. 수천 수만 개의 화살기도로 사람들의 입은 연신 달싹거린다. 임종경을 실은 배가 은하수로 건너가는 동안에도 사람들은 망자를 위하여 천국 문을 열어달라며 성호를 그으며 연도를 바치고 있다.

"아멘! 아멘! 아멘!"을 외치며…. 주위의 모든 것들은 불안하지만 살아 움직이는 역동적인 평화를 보여주고 있다고 봐야 한다. 사람들의 평화는 여전히 계속 자라나고 생성되는 과정 속에 있다. 결코 멈추는 법은 없다. 다영이가 무기력하게 누워 있어도 성장하기 위해서는 계속해서 나아가고 끊임없이 움직여야 한다고. 이 사실을 사람들은 다영이에게 알리고 싶어했다. 인간은 결코 꿈꾸기를 멈출 수가 없기에. 육체가 음식을 먹어야 사는 것처럼 사람들 영혼은 꿈을 먹어야 살 수 있다. 그래서 자신을 사랑해야 하는 이유가 여기에 있다.

다영이는 자신이 깨어나리라 수도 없이 생각하지만 늘 땀에 흥건한 채 잠에서 깨어나지 못하고 있다. 이 갑갑하고 두려운 감금생활을 끝낼 수 있다면 그들 혼령이 원하는 모든 것에 서명하고 어떤 자백이라도 할 참이었다.

그때 하늘에서 놀라운 일이 벌어졌다.

"저게?"

"도대체 뭐야."

거대한 열기구가 떠 있다. 사람들은 서로를 바라보며 의심했다.

나라별로 코로나19 백신접종이 시작되었다. TV 방송마다 연일 경쟁적으로 소식을 전했다. 사람들은 끝낼 수 있는 첫걸음을 디뎠다는 기대감으로 다가왔다. 하지만 백신접종을 둘러싼 논란이 계속 이어지고 백신 종류에 따른 부작용 사례는 불안감을 불러일으킨다. 완전한 의미의 집단면역이 생겨났지만 이 또한 코로나19가 '종식'되는 상황은 없다는 것이 문제로 남아 있다.

매일 안전안내문자가 뜨고 지역별 확진자 숫자와 방역수칙도 개인 톡이나 문자메시지로 날아든다. 코로나19 장기화로 삶이 바뀌고 있다. 일상 속에 마스크와 함께하는 게 전혀 어색하지 않다. 외출하다가도 꼭 챙긴다.

"마스크?"

"아하, 그렇구나!"

서로가 서로를 가방 속에서 챙겨주는 필수품이 되었다. 누구를 만나도 마스크를 쓰지 않으면 불안할 정도다.

"밥 한번 먹자" 오랜 만에 만나면 자주 하던 인사가 "줌Zoom 한번 하자"라는 식으로 바뀌고 있다. 코로나19 이전으로 돌아갈 수 있을까?

정보통신기술업계도 사내 회의 간담회도 각종 영업까지도 비대면으로 하는 모습이 인상적일 때도 있다. 호프집에 가서 옹기종기 모여 먹던 맥주도 이제는 각자 집에서 줌을 통해 이야기하면서 마시는 문화가 되어버렸다.

다영어머니는 동료 교사가 대학생들에게 비대면으로 졸업식 축사를 하는 동영상을 마주 보고 있다. 기이한 현상이지만 어쩔 수 없는 상황이다.

— 우선 졸업생 여러분 졸업을 진심으로 축하합니다. 축하인사를 대면으로 하지 못하고 이렇게 비대면으로 전할 수밖에 없어 매우 안타깝습니다. 하지만 여러분의 졸업을 축하하는 마음은 그 어느 때보다도 크다는 것을 알아주었으면 좋겠습니다.

오늘 이 자리를 빌려 여러분들에게 드리고 싶은 말씀이 하나 있습니다.

졸업식을 일컫는 단어는 여러 개 있습니다. 학위 수여식, 졸업식 그러나 제가 좋아하는 단어는 학위취득일입니다. 영어로는 '학사학위를 받았다' 어떻게 표현하죠?

'learned a bachelor's degree'라고 합니다. 이때 'earn'이라는 동사를 사용하죠. 이 동사의 사전적 의미는 '그럴 만한 자격, 자질이 충분히 되어 무엇을 얻다'입니다. 여러분은 오늘 학위를 받을 자격이 충분히 되어서 학위를 취득하게 된 것입니다. 그렇기 때문에 축하받을 자격이 충분히 있습니다.

제가 여러분보다 인생을 조금 더 살아보니 아쉽게도 인생은 기뻐하고 축하받고 행복할 순간보다 걱정하고 두려워하고 힘들어해야 되는 순간들이 더 많았습니다. 그래서 제가 깨달은 행복한 인생을 사는 팁 하나는 축하할 수 있을 때 마음껏 축하하고 기뻐할 수 있을 때 누구보다도 더 기뻐하라는 것입니다.

그리고 오늘이 바로 그 기뻐하고 축하받을 날 중 하나입니다.

여러분이 이 자리까지 올 수 있도록 도와주신 부모님, 가족들, 지도해주신 교수님들, 그리고 함께 동고동락한 학우 여러분들입니다. 수업을 들으면서 팀프로젝트로 학우들과의 인간관계에 대해서도 다시 한번 생각해보는 계기가 되었을 것입니다. 그 일을 같이 한 학우 여러분, 부모님, 교수님들과 오늘 아주 많이 기뻐하길 바랍니다. 자신이 성취한 노력의 결실을 충분히 만끽하는 사람만이 타인의 노력을 존중하고 그들의 결과물을 인정할 수 있는 사람이 될 수 있기 때문입니다.

저는 여러분이 앞으로 타인과 함께 공존하면서 그들의 노력을 인정할 수 있는 따뜻한 마음을 지닌 사람이 되실 것을 바랍니다. 저를 비롯하여 우리 대학교 심리학과 교수님들은 훌륭한 인재들과 그동안 고민하고 공부하고 성장할 수 있는 소중한 기회를 갖게 되어 큰 영광이었습니다. 여러분의 가슴과 머리에 우리가 함께 심은 미래에 대한 희망의 씨앗이 튼튼한 열매가 되는 그날까지 여러분을 늘 응원하겠습니다. 진심으로 축하드립니다.

끝으로 이 자리를 빌려 병상에 계시는 노교수님께도 빠른 회복을 기도드립니다.

누군가를 대신해서 수고해주는 분들이 곁에 있다는 것은 세상은 아직 살 만하다는 이야기가 된다. 그런가 하면 이 와중에도 '억울한 죽음의 사인을 밝혀달라'고 청와대 국민청원 글이 올라와 있다.

백신을 접종받고 숨진 경찰 아내가 올린 사안이다.

— 남편은 국내 '아스트라제네카' 수급 부족과 경찰관으로서의 빠른 복귀를 위해 교차접종을 할 수밖에 없었다. 평소 기저질환 없이 건강한 그이였기에 남편의 사망이 지금도 믿어지지 않는다.

국가와 국민에게 봉사하는 자랑스런 남편에게 어떻게 이런 일이 벌어졌는지 속상하다. 부검을 통해 백신 부작용이 밝혀지기를 원했다. 방역당국이나 경찰 어디에서도 명확한 대답을 들을 수가 없다. 백신 부작용에 따른 인과관계가 밝혀지기를 강력히 희망하고 있다. 또한 공무상 직무연장으로 인한 과로사로 인정돼 남편이 조속히 순직 처리 받을 수 있기를 호소한다.

중1,2 어린 아들과 어떻게 살아가야 할지 절망과 실의에 빠졌다. 저희 모자에게 남편과 아빠의 죽음이 헛된 죽음이 되지 않기를 바란다.

지아비를 갑작스럽게 잃고 실의에 빠진 아내의 청원글이다.

한 사람의 이야기가 아니기에 더욱 민감하다.

경감은 지난 달 30일 '아스트라제네카' 1차접종 직후 메스꺼움, 두통, 오한 등 증상을 겪었다. 그는 의료진의 권고대로 6시간 간격으로 '타이레놀'을 섭취하고 증세가 호전됐으나 또다시 다리 저림, 가슴 통증 등을 호소한 것으로 전해졌다. 증상이 나타난 기간에도 정상적으로 출근했으나 지난 12일 밤 귀가 도중 쓰러졌다. 그는 심폐소생술을 받으며 병원에 이송됐고 다시 대학병원으로 옮겨졌다. 그리고 혈전이 발생해 협착된 혈관을 인위적으로 넓히는 스텐트 시술을 받았다. 시술 직후 심정지 증상은 개선됐으나 심장 기능을 완전히 회복하지 못하고 지난 16일 오후 7시 10분 사망했다.

경감은 평소 건강했으며 올해 초 건강검진에서도 별다른 기저질환이 없었던 것으로 알려졌다. 방역당국은 경감의 사망이 백신접종과 연관성이 있는지 조사에 나섰다. 부검을 통해 정확한 사인을 규명하고 유족을 지원할 방침이라고 했다.

경찰청장은 이날 오전 기자간담회 서면 답변을 통해 '신종 코로나바이러스 감염증 백신접종 후 이상 증세가 나타난 경찰관에 대해 국가보상, 공상 신청 절차를 지원하고 위로금 등 추가 방안을 마련하겠다'고 밝혔다.

아흐! 인생은 고해다. 슬픔의 강물이 도처에 흐르고 있다.
아내와 남편을, 자식과 부모를 두고 속절없이 혼자 떠나는
임종경을 실은 수십, 수백 척의 배가 은하수를 건너가고 있다.

어느 아버지가 올린 안타까운 사연도 있다.

임용고시를 앞둔 딸이 백신 1차접종을 했다. 그날은 고시학원에서 공부를 마친 아이를 데리고 왔는데 뒷좌석에서 조용히 말이 없었다. 오늘은 왤까?

조잘거리기를 좋아하던 딸이었다. 그런데 주차장에서 차를 세우

고 내릴 때였다.

"아빠, 나 숨차고 어지러워요?"

급히 조수석으로 갔으나 이미 딸은 쓰러져 있었다. 응급차가 달려오고 병원으로 옮겨져 뇌수술까지 받았으나 4일 만에 숨졌다. 코로나19 상황 속 면회 제한으로 임종을 앞두고 차가워진 딸의 손 한번 잡아주지도 못했다. 가족들은 중환자실 밖에서 눈물만 흘리고 있었다.

"천지신명이여! 제 딸아이에게 자비를 베푸소서. 자비를…."

피를 말리는 시간들이 장시간 오고갔다. 그러나 하늘은 무심하게도 고이 키운 딸을 불화로에 실어 떠나보냈다. 집으로 돌아와 딸아이 방으로 갔다. 방에 있어야 할 딸은 없고 임용고시를 준비하던 책들이 책상 위에 수북이 쌓여 있다. 학사모를 쓰고 귀엽게 웃는 모습이 와락 가슴으로 안겨왔다. 옷장에 옷들은 신발장에는 딸의 냄새가 밴 신발들이 이 모두를 어찌하라고?

하느님도 무심하다.

이 잔인한 현실을 묵묵히 목격하다보니 참말이지 세상이 싫다. 가족들 모두는 여전히 깊은 슬픔에 잠겨 무척이나 힘들어하고 있다. 서로가 혼자 있으면 무슨 일이라도 날까봐 겁이 난다. 서로가 안부를 수시로 확인하면서 잠도 거실에서 모여서 잔다.

정부는 왜?

접종 독려 메시지는 꼬박꼬박 보내면서 접종 사망자 유족에게는 위로의 전화나 편지한 통 없다. 의학적으로 연관성을 두고서라도 도의적인 책무를 다 했으면 좋겠다. 피해자에 대한 유연한 손해배상이 필요하다. 유족에 대한 심리치료 지원도 함께 이루어 져야 한다고…. 그 속상함은 끝이 없다.

“백신 맞았니?”

몇 사람이 모여도 서로서로 주고받는 신종 인사말이다. 한 음식점에서 잠깐 만나도 식사가 끝나면 곧바로 마스크를 쓰는 것을 잊지 않는다. 이제는 당연한 것으로 상대방에 대한 예의로 받아들어진다. 어른부터 갓난아기 모두가 마스크 쓰는 것을 어색해하지 않는다. 마치 속옷을 입듯 마스크를 착용한다. 생활습관이란 이만큼 무서운 것이다.

‘혹시나 저 사람 코로나19 바이러스 보균자가 아닐까?’

잠복기간이 있기에 서로를 의심하게 된다. 너도 나도 서로를 지켜주기 위해 코로나19 감염검사장으로 달려간다.

[00시 보건소]

귀하의 9월 10일 코로나19 검사PCR 결과는 ‘음성’임을 안내해 드립니다.

결과가 나오기까지 긴장하다가 안심을 한다. 보건소 직원들은 고된 근무를 마다하지 않고 봉사활동을 해나가고 있다. 이곳 세종시에서 큰아들과 살고 계시는 다영이할아버지는 손녀 다영이가 19열차 음압병동에서 식물인간 상태라고 들었다. 며느리는 코로나19 바이러스 확진자로 판정을 받았다가 빠른 회복을 보이고 강릉집으로 돌아왔다는 소식을 전해들었다.

참 엉뚱한 세상에 살고 있다.

까만 하늘에 수많은 까마귀 떼가 날고 있는 꿈을 꾸었다.

집안에 역병이 침투했다. 조상님을 잘 모시지 못한 자신의 탓이라고? 자신의 탓으로 힘들어한다. 그 옛날 조선시대에는 역병이 돌면 마을마다 봉쇄령과 접촉금지법을 시행하였다고 한다. 백신이 없던 그 시대에는 그저 죽기를 바라야 했을 것이다. 평균 수명이 37세 정도? 어찌 보면 자신은 좋은 시대에 태어나 장수하고 있다고 그때 까톨! 까톨! 까불거리며 안내문이 뜬다.

[질병관리청] 75세 이상 어르신 및 노인시설 예방접종 기간안내

60~74세 고령층 미접종자 사전예약 및 접종 기간안내

18~49세 예방접종 10부제 예약은 매일 20시~다음날 18시, 오늘 20시부터 내일 18시까지는 생일 끝자리(주민등록상) 6번이 해당됩니다.

겁쟁이가 되어서 미루다가 결국에 접종독려 안내문자를 받아들었다. 보건소에 백신 신청을 했다. 강력한 정부는 필요하다. 정해진 날짜에 지정된 동네병원을 찾았고 백신접종을 위해 이미 병원에는 좌석들이 마련되어 있었다. 체온 측정과 함께 개별 주민등록증 확인이 끝나면 안내문을 준다. 현재 건강상태에 대한 간단한 예진표를 작성

한다. 그것을 가지고 의사선생님과의 간단한 면담을 하였다.

"어르신, 지금 특별히 몸이 아픈 곳은 없으십니까?"

잠깐 생각하다가 고개를 끄덕인다.

"혈압약과 당뇨약을 복용하고 있습니까?"

"네."

"백신주사 맞고 이상반응이 있으면 즉시 병원으로 연락을 해주십시오. 그리고 오늘은 크게 무리하지 마시고 샤워도 오늘은 참으셔야 해요. 혹 열이 나거나 두통증상이 있는 경우에는 약을 드시도록 하십시오."

의사선생님과 잠깐이라도 대화를 나누다보니 좀 안심이 되었다.

"따끔합니다."

백신 주사를 맞고 약 15분 동안 대기하는 동안에 소방대원께서 지켜봐주고 계셨다. 가슴이 따뜻했다. 대기하는 동안에 주사 맞은 부위가 점점 딱딱하게 무거워지면서 욱신거리기 시작했다. 그러나 별다른 증상이 없기에 그냥 집으로 돌아와 거실에서 TV를 보며 쉬고 있었다.

'이크!'

이게 무슨 징조지? 시간이 지나면서 머리도 띵하고 두통증상까지 정상이 아닌 듯 이상반응 전조가 있었다. 자기 전에 '타이레놀' 계열 성분의 약을 하나 먹고 잠들었다. 다행히 아침에 일어나니 두통증상도 조금 누그러졌고 참을 만했다. 이렇게 하루, 이틀, 사흘이 지나니 안심이 되었다. 그때 안내문자가 왔다. 철저히 관리한다는 반가움이 또한 들었다.

[질병관리청] 1차 이상반응 신고 안내

ㅇㅇ님, 코로나19 백신 1차접종 후 3일이 지났습니다.

● 몸은 어떠세요?

만약 접종 후 아래와 같은 이상반응이 나타나 일상생활을 방해받는다면 가까운 의료기관을 방문하여 진료를 받아보세요.

ㅡ 39℃ 이상의 고열이 나요.

ㅡ 두드러기나 발진, 얼굴이나 손부기 등과 같은 알레르기 반응이 있어요.

ㅡ 접종부위 통증, 발열, 피로, 근육통 등이 이어져요.

● 아래 홈페이지에서 이상반응 증상과 대처법에 대해 자세히 알아보고 이상반응을 신고할 수 있습니다.

고마움이 일었다. 2차접종 시기도 예약된 상태라 조금만 참으면 되겠구나 하는 안심도 되었다. 그러나 지금은 바이러스 박멸이 아닌 일상생활에 가까운 모습으로 돌아가는 것이 더 중요해보인다고 한다.

이전에 유행했던 수많은 감염질환이 아직까지 남아 있는 것과 같은 이치라고 보면 된다. 또한 치료제가 꾸준히 개발되고 있기에 제한적이지만 '렘데시비르'가 치료효과를 보였다. '스테로이드'는 치명률이 낮추는 것으로 보고되고 있다. 이밖에 항체치료제와 면역조절제인 '사이토카인'이 효과를 경증과 중증 환자에 적합한 치료제가 나오기까진 더욱 시간이 걸릴 것이다. 만족스런 치료제가 나오기까진 더 두고 봐야겠기에 의료진들의 마음은 다소 복잡하다.

코로나19 최전방의 보건소 의료진들은 방호복 안으로 비 오듯 쏟아지는 땀을 마다하고 선별진료소부터 예방접종센터 역학조사까지 전쟁 같은 업무에 매진하고 있다. 마스크를 쓴 많은 시민들이 차례를 기다리며 줄을 서고 있다. 지난해 1월 20일 국내에서 첫 확진자가 나온 이후 코로나와의 전쟁은 2년 가까이 계속되고 있다. 그들 의료진들은 공포와 혼란이 뒤엉킨 절망스러운 공간으로 밤낮이라는 개념이 없다. 생활리듬은 깨어지고 방화복이 너무 커서 두꺼운 담요를 계속 덮고 있는 것 같아 불편하기가 이루 말할 수 없다. 고글에 김서림 때문에 앞이 잘 보이지도 않는다. 방화복을 입고는 화장실에 갈 수가 없어 정말 불편하다. 그러나 중증 확진자들을 조금만 더 보듬어줄 수 있다면 시간적 여유가 있기를 간절히 바라본다.

다만 목표에 도달하는 데 걸리는 시간은 신이 그들을 얼마나 도와주느냐에 따라 달라질 수 있겠기에….

기도실에서는 성직자들의 간절한 기도소리가 오늘도 울려퍼진다.

— 주님!

생명에 위험을 받고 있는 자들과 무방비로 노출된 이들을 불쌍히 여기소서.

단지 다영이가 살아 있음을 확인시켜주는 것들은 저 하늘의 별들이나 지혜가 아니다. 바로 코로나19 희생자들을 위한 기도소리를 들을 수 있는 혼돈상태에서도 깨어 있어야 한다는 정도다.

다영어머니는 종착역에서 어릴 적 딸을 떠올리며 이겨내기를 간절히 기다리고 있다.

다영이가 초등 4학년 때 여름방학으로 기억된다. 가끔 뭐에 팔렸는지 귀가 시간이 늦어지고 있었다. 가끔 한수네 집에서 저녁을 먹고 왔느니, 달밤에 처용의 탈을 쓰고 안압지에서 춤을 추고 왔느니, 엉뚱한 말로 얼버무리기에 단단히 혼을 내줘야겠다고 벼르고 있었다.

"너 귀가 시간도 제대로 못 지키고 돌아다니면 친구 따라 나가버리는가. 아님 너 진짜 엄마를 찾아가든가? 마음대로 해."

그런데 그것이 빌미가 되어서 진짜 엄마를 찾겠다며 당당한 집안의 혈통을 무시하고 가방까지 메고 가출한 적이 있었다. 집안 식구들이 골목골목을 헤집고 다니면서 딸의 이름을 부르며 찾아다녔지만 소용이 없었다. 어둑해지자 집안에는 긴장감이 맴돌며 더욱이나 조바심이 일었다. 결국 가까운 파출소에다 딸을 미아로 신고하고 집으로 돌아왔다. 어린 것이 겁도 없이 제멋대로 돌아다녔다. 물가에 내놓은 아이처럼 몹시 걱정이 되어 마음을 놓지 못했다.

"도대체 얘가 어디로 증발한 거야."

입안에서 단내가 났다. 해가 진 마당에서 이제나저제나 서성거리고 있다가 밤새 한숨도 자지 못했다. 다음날 날이 새고 깊이 잠들어 있는 딸아이를 발견하기까지 십 년감수도 유분수지. 다영이는 가까운 극장에 있었다고 한다. 야간 동시상영 영화를 보다가 딸은 더럭

겁이 났고 자리에서 일어나 허겁지겁 집으로 돌아오고 말았다. 어둑어둑해진 골목의 외등이 켜진 대문 앞에 멈춰서서 안을 잠시 기웃거렸다. 그러다가 집안이 조용해진 틈을 타서 신발을 벗어 양손에 쥐고는 발소리가 나지 않게 살금살금 다락방으로 숨어들었다고….

그 얄궂은 출생비밀 때문이다. 자신을 섭섭하게 대할 때마다 툭하면 딸은 그녀를 거친 세상 밖으로 마음대로 데려가곤 했다.

“엄마, 나 어떻게 태어났어?”

“다리 밑에서 주워왔지.”

한마디 툭 던지기에 인간이 태어나는 과정을 옛날 사람들의 유머로 답했다가 그만 봉변 아닌 봉변을 당했다.

‘저도 엄마가 되면 딸을 낳아 한번 키워보라지. 세상이 얼마나 무서운지 알게 될 테니까….’

빈말이 아니었다. 이해받지 못하면 제멋대로 화내고 토라졌다. 자식을 키운다는 것이 무엇을 말하는지? 지금 절실히 느끼고 있다.

19열차는 광화문에서 출발하여 한반도 전역을 돌아 세종역을 향해 쉼 없이 달린다. 그곳은 금강과 미호천이 흐르는 우리나라 정부청사가 있는 곳이다. 기적소리와 함께 열차가 서서히 속도를 줄인다. 역 플랫폼이 보이기 시작하고 그곳에서는 수문장 교대식이 진행되고 있었다.

초엄이 울리면 취타대 연주를 시작으로 휘황찬란한 깃발들이 나부낀다. 무관복인 군복을 곡선인 칼이 아니라 검 형식으로 된 칼을 등에 차고 있다. 수문장이 서로 군례 및 신분을 확인하고 교대 수문장의 호령으로 각자의 자리에 배치된다. 그 후 진홍색 비단의 곤복을 입은 젊은 세종 충령께서 열차 앞으로 친히 나오셨다.

달리는 19열차 차량을 향해 항체치료제가 그득 담긴 금빛 향료를 받쳐들고 흩뿌리고 계셨다.

"평화 있기를…."

제10장 강릉역
사랑의 떨림

강릉 종착역이 가까워지고 있다.

동쪽 바다 수평선 위를 집어등 오징어배들이 순례길에 나섰다. 그 숲에 멀리 하얀 조각배 한 척이 보인다. 조각배는 하나의 섬으로 복잡한 미궁 속으로 빠져버린 다영어머니를 상징한다. 잠시 후 커다란 스크린 위에 섬이 있는 하얀 바다가 출렁이고 대강당이 눈에 들어온다.

달리는 강릉 바다, 뜨거운 열정의 화로에 평화의 여신이 깃들기 때문일까?

다영어머니는 미술심리학 교수로 인문학과 대학생을 대상으로 강의를 한다. 그녀가 마이크를 잡았다. 알타미아 동굴벽화, 커다란 몸집의 들소가 스크린에 등장한다.

"당시 중세인들은 언어를 하나의 예술적 표현으로 여겼습니다. 동굴 속의 벽화를 한번 느껴보시겠어요?"

윤곽선과 들소의 갈기털은 검정색, 몸은 갈색으로 표현되어 있다.

사냥의 성공을 기원하는 주술적 의미가 담겨 있다. 하지만 우리가 눈여겨봐야 할 것이 있다. 원시인들은 시간의 흐름에 따라 보는 대로 그림을 그리기보다 아는 대로 그림을 그렸다는 사실을 확인하게 된다.

"이 동굴벽화는 후기 구석기시대의 유적입니다. 야생동물의 뼈를 가지고 사람들이 손으로도 그린 암벽화입니다. 당시 사냥꾼 예술가들은 이 그림을 그림으로써 그려진 실물 자체를 소유한다고 믿었어요."

여러 가지 색채가 드러난 원시 동굴벽화는 학생들의 호기심을 자극한다.

"초기 인상파 화가, 모네, 마네, 르느와르, 세잔, 고갱, 고호의 그림들은 빛에 따라 시시각각으로 변하는 순간의 '인상'을 표착하여 그림으로 표현했어요. 그 빛 속으로의 산책을 또한 권하고 싶습니다."

화폭에는 다소 질감이 거친 빛과 색채가 번득이는 청록 빛깔의 성난 바다가 놓여 있다. 그때 어린 다영이를 품은 여인의 모습이 클로즈업된다. 천천히 회로는 돌아 더 넓은 강릉해변 모래사장을 보여준다. 성난 바다가 연초록으로 조용히 잠겨 있다. 더 넓은 금모래빛 백사장에는 소꿉놀이 기구들이 놓여 있다.

"지금부터 제 딸의 이야기를 하려고 해요. 시간관념 따위는 중요하지가 않아요."

이번에는 햇빛을 받은 연분홍 바다가 빛의 각도에 따라 다양한 빛으로 출렁인다.

"저 바다 빛을 보셔요."

넓은 바다가 갖가지 색으로 몸을 섞으며 철썩이다가 모녀를 품는다.

"엄마!"

환한 눈빛의 다영어머니가 딸을 보자 손짓을 한다. 파도 치는 해변가를 어린 다영이가 치마를 걷어올리고 맨발로 찰방거리며 다가오는 것이 클로즈업된다.

"응, 그렇지!"

그녀의 얼굴에는 희망이 넘쳐나면서 기쁨의 표정을 짓는다. 아이는 까르르 웃다가 긍정과 부정의 감정이 교차되는 경계선에서 그만 멈춰서고 만다.

"왜? 무슨 일이야."

어느새 뒤돌아 급히 달아나고 있다.

"얘야! 돌아와. 네 삶의 모든 순간이 기억나?"

지난 날 19열차에서 전화가 걸려왔었다.

"아무래도 지금 상태로는 다영이의 소생 희망은 불가합니다."

"무슨 말씀을요?"

"그러니까 생명 유지상태를 제거해야 한다는 거죠."

"그것만은 안 돼요! 제발 선생님!"

"아니면 식물인간 상태로 계속 유지될 수밖에 없습니다."

"저는 딸을 포기할 수 없습니다."

"…."

"지금 가족과 친구들, 낯선 사람들까지도 딸이 낫기를 바라며 기도에 열중하고 있습니다."

의료진과의 전화는 여기서 뚝! 끊어졌다. 스크린에는 파도치는 바다, 우울한 바다가 있을 뿐이다.

"이게 너와 마지막이 아니길 이 엄마는 간절히 바라고 있어. 돌아와."

그녀에게는 이제 처음과 끝의 의미가 별 가치가 없어 보인다. 다영이의 삶 너머에는 또 다른 이야기가 존재할 테니까.

빛의 착각일까?

활동사진이 움직이면서 노란 원피스를 입은 사춘기 소녀의 다영이가 있다. 초록빛 송정뜨락의 여름 이랑을 걸어나오며 신나게 어깨춤을 춘다.

"전원에 널려 있는 모든 것들이 저를 눈멀게 했어요, 엄마!"

잔잔한 파도소리가 다영이의 섬세한 얼굴 너머에 있다. 순수한 몸짓을 거부하지 못하는 환영으로 출렁인다. 원색의 강렬한 남국적 색채가 바다 저편에서 넘실거린다. 세월의 흔적을 머금고 있는 로맨틱하게 빛나는 돌바닥길이 이곳 강릉에 존재하기 때문일까?

천여 년 전 서라벌의 추억이 되살아나고….

상감의 작은 유리구슬 속 정후면 여섯 명의 인물들이 화폭에 등장한다. 여섯 마리의 백조가 호수에 떠 있다. 그들은 북방계 백인종 아리안이다. 곧이어 출토된 '황금보검'의 붉은 석류석 보석은 동유럽 것이다. 소용돌이 문양과 로만 글라스 유리병 또한 신라에서는 존재하지 않는 값진 것들이다. 지중해 주변에서 비단길과 바닷길로 신라에 전해진 것이기에….

천여 년의 아득한 시간들이 교차되는 지점 '알레프'다. 불멸의 거장 보르헤스가 남긴 '영원'과 '순간'에 대한 이야기다. 지금 현란한 만화경에 익숙하던 세계의 지평이 무너져내리는 충격적인 체험을 한다. 우주 전체를 포괄하고 있는 빛나는 형상의 물체인 '알레프'의 크기는 2~3㎝에 불과하나 그야말로 모든 것을 다 포함하고 있는 형체라고 볼 수 있다.

'알레프 수'는 무한집합의 크기를 의미한다.

'알레프'는 모든 각도에서 본 지구의 모든 지점들이 뒤섞이지 않고 있는 장소를 의미한다. 우리 자신이 그 안에 살고 있지만 누구나 다 볼 수 있는 것은 아니다. 모든 지점들을 포괄하고 있는 어떤 공간 지점들 중 하나가 분명해보인다. 지구상에 과거, 현재, 미래가 한 시공간에 존재한다. 이 놀라운 사실을 직접 체험하게 되면 누군가 지구촌 각 지역을 넘다들면서 '알레프'라는 한 지점의 작은 구슬 공간을 의식하게 될 것이다. 똑같은 이유로 유럽의 골목길에서 매번 길을 잃거나 서성거리게 되는 이유가 여기에 있다.

지금 다영어머니의 머리 위에는 푸른 하늘에 흰 구름들이 꽃 잎사귀를 펼쳐 보이고 있다. 굽이굽이 대관령에는 색색의 행글라이더가 스카이다이빙을 한다. 아슬아슬한 고도의 상공에서 펼쳐지는 아름다운 풍경과 무성한 소나무들의 해맑은 웃음소리까지도 강릉이라는 작은 캔버스 안으로 모여든다.

아흐! 밝은 색채가 빛의 속도로 파도치고 있기 때문일까?

강릉 바다 커피는 어쩜 이렇게 맛있을까?

새콤달콤한 커피 향의 여운마저 강릉 바다에 점점이 평화의 흔적을 남긴다. 붉은 적도의 땅 아프리카에 살고 있는 검붉은 피부의 아름다운 여인들이 원두커피에 바치는 간절한 기도 덕분일까?

아메리카 대륙 중남미 동녘하늘 빛이 바람결에 실려온 탓일까?

"내 딸, 다영아!"

대강당 커다란 스크린 속에서 바다가 또 한 차례 출렁인다. 한 여인이 뚫어지게 화면을 들여다보고 있다. 강릉 그 빛 속에 어린 소녀가 성숙한 아가씨로 성장하면서….

"이리온. 아직은 아냐?"

아침 해가 바다에서 불끈 솟아오르면서 첨벙첨벙 용트림을 한다. 딸의 환영이 더욱 또렷이 빛 속에서 되살아난다.

"자연이 빚어내는 아름다운 영혼의 떨림 속에서 연분홍 스물네 살의 너를 놓칠 수야 없지 않겠니? 너의 아빠와 난 이슥한 밤바다 출렁이는 검은 회색빛 색채 속에 물든 둥근 달, 너를 자궁이라는 작은 우물에서 건져올렸어. 레몬 빛 둥근 달이 우리 가족에게로 다가왔지."

검붉은 바다가 화답이라도 하듯 베토벤의 〈월광곡〉을 연주한다. 19열차 음압병동에 잠들어 있는 딸을 위하여 다영어머니가 달빛에 취해 즉흥적으로 피아노 건반을 두드린다. 피아노곡은 파도의 선율을 따라 잔잔하게 흐르고 바다 물결은 달빛을 받아 찰랑거린다. 가볍고 우아한 춤곡으로 경쾌하게, 그러다가 마침내 억제된 격렬함으로 빠른 템포로 바뀌고 있다.

다영어머니 또한 격정의 파도를 넘나들면서 복잡한 미궁 속에서 딸과 함께 죽을 생각은 추호도 없다. 그래서 손재주가 뛰어난 '다이달로스'처럼 주변을 날아다니는 새들로부터 떨어진 깃털과 미궁 곳곳에 맺힌 벌집에서 얻은 밀납으로 사람이 날 수 있는 큰 날개들을 찾았지만 성공할지는 점칠 수가 없다. 높이 떠서 태양열에 날개가 녹지 않도록 바다 가까이 내려가 젖지 않도록 적당히 날아야 한다.

지금은 코로나19 팬데믹 시대다.

세상을 향한 자연계의 경고는 미지에 대한 인간의 동경과 동시에 한계의 막바지를 상징하고 있다. 그러기에 '이카루스의 추락'을 의식하다보면 위험부담이 따를 수밖에 없다. 모성애가 비치는 기쁨과 격렬함이 동시에 다영이의 육신을 마구 흔들어 깨운다.

"일어나라, 일어나라."

아직도?

모녀간의 애착이 손상되어 안정감을 번번이 놓치고 있기 때문일까?

어린 시절 자신의 딸이 자기 내면에 자리한 고통을 진심으로 내어놓고 소통하기를 꺼려하고 있다는 사실에 다영어머니는 통곡한다. 어미라는 사람이 어린 딸을 두고 매번 직장으로 달려가야만 했다. 지난 시간들이 아이에게는 소외감을 준 것이 분명해 보인다. 어머니가 필요할 때마다 포기를 배워야 했다. 어머니가 자신을 찾을 때까지 기다려야 한다는 것을 일찍이 배운 탓일게다. 다영이가 이번만큼은 기다림에 지치지 않기를 식물인간 상태로 계속 유지되지 않기를 간절히 바란다. 지금은 모녀간의 격증이 교차되는 지점에 와 있다. 그녀는 마치 길이 복잡한 '그리스 크레타 섬' 미궁에 갇힌 느낌이다.

"다영아!"

"…."

"너는 엄마를 꼭 빼닮았어."

"…."

다영이는 초등학교 1학년 때 학예발표회를 떠올렸다. 어두워 보이지 않는 관객석을 두리번거리며 찾았지만 부모님은 보이지 않았다. 자신은 할머니께 맡겨지고 늘상 바쁘다는 핑계로 속상한 날들이 많았다. 그날 아침식사 때만 해도 꼭 온다고 손가락을 걸고 약속한 부모님을 아무리 찾아도 없었다. 그냥 그 자리에서 불안한 눈빛으로 음악은 흐르는데 멀뚱멀뚱 서서 울먹이고 말았다. 크게 소리치고 울고 싶었지만 참고 참았다. 1부 내내 친구들은 율동과 노래를 하는데 부모님을 찾다가 집중할 수가 없었다. 2부의 문을 여는 순간 어둠속에서 부모님의 환한 얼굴과 마주쳤다. 부모님은 다영이에게 하느님과 같은 존재였다. 어둠 속에서 그토록 찾아헤매던 갸륵한 존재였다.

그때부터 부모님께 잘 보이기 위하여 선생님을 바라보면서 열심히 노래와 율동을 따라했다. 무대가 끝나자 크게 박수를 치며 좋아서 눈물까지 훔치는 부모님의 얼굴을 보았다. 부모님은 영원한 내 편이라는 사실을 알았다. 달빛이 품은 레몬 빛, 그 눈 푸른 비밀스러운 속삭임이 자신이라는 사실을 알아차렸다. 걱정의 순간이 환희로 바뀌는 시점이다.

부모님의 마음은 끝이 없어 보였다.

낳실제 괴로움 다 잊으시고 기르실제 밤낮으로 애쓰는 마음 진자리 마른자리 갈아 뉘시며 손발이 다 닳도록 고생하시네 하늘 아래 그 무엇이 높다하리요 부모님의 은혜는 가이없어라 어려선 안고 업고 얼러주시고 자라선 문 기대어 기다리는 맘 앓을사 그릇될사 자식 생각에 고우시던 이마 위에 주름이 가득 땅 위에 그 무엇이 높다 하리요 부모님의 정성은 지극하여라.

한편 강릉대박물관에 근무하는 다영아버지는 초당동 일대 호수를 메우기 위해 토사를 채취하는 과정에서 다량의 토기와 석기가 발견되었다는 소식을 전해듣게 된다. 모든 공사는 일단 중단이 되었다. 부랴부랴 발굴조사팀 학생들을 데리고 현장으로 갔다. 비지땀을 흘리면서도 우리나라 신석기문화의 기원과 연결된 중요한 자료라는 확신이 있었다. 또 한 차례 가슴이 두방망이질했다. 아버지라는 사람은 대외적인 일에 더 조바심을 내는 것 같지만 어찌 피붙이하고 맞바꿀 수 있겠냐?

가족의 울타리 역할을 하다보니 나라에 충성하게 되었고 우리나라 고고학에 획을 긋는 일이라 믿었다. 지금은 박물관장으로 묵묵히 일을 하고 있다. 하느님을 믿는 신앙인의 한 사람으로서 그분께서 함께 계심을 항상 느낀다. 그분의 사랑을 다영이 또한 체험할 거라 의심치 않았다. 다만 지금은 순간순간 입을 오물거리며 딸을 향한 화살기도로 버티고 있다.

"죽음의 올가미가 딸을 에우고 저승의 공포가 덮쳐 고난과 근심에 사로잡혀 있어도 주님! 부디 딸의 목숨만은 살려주소서. 자비를 베푸소서. 자비를 베푸소서."

조용히 발굴현장에서 벗어나 초당성당 하얀 모자이크 상을 향해 기도를 바치고 있을 즈음에 학생이 불러세웠다.

"교수님! 여기요."

땅을 파헤쳐놓아 질퍽한 현장으로 운동화를 신은 채 주머니가 많은 작업복 차림으로 달려가보니 진귀한 것들이 눈에 띄었다. 그것은 흑요 석제 석기가 분명했다. 흑요석은 백두산 지역에서 가져온 것으로 추측할 수 있다. 그렇담 선사시대의 백두산 지역과 이곳 강릉은 동해안 지역의 문화권과 관련이 있는 게 분명해보인다.

징을 친다. 징소리를 듣고 삼삼오오 학생들이 모여든다.

발굴현장에서 학생들을 모아놓고 강릉 초당 일대의 유적지에 대한 설명을 곁들인다. 모든 공부는 현장에서 즉각 이루어지는 것이 더욱 도움이 되겠기에 그때를 놓치지 않으려고 노력한다.

"이곳 강릉 초당 일대는 신석기, 청동기, 철기시대, 삼국시대에 이르는 주거지와 고분 유적이 층층이 발굴되는 복합유적으로 확인되고 있습니다. 신라시대 수혈식 석관묘에서는 금동제 호접형 관모장식과 은제 허리띠 장식, 마구류, 철검, 철촉 등이 출토된 사실을 여러분도 잘 알고 있을 것입니다. 이곳에 묻힌 사람들은 우리에게 무엇을 말하고 있을지를 누가 말해주면 좋겠습니다."

몇몇 학생들이 진지하게 의견을 내놓았다.

"교수님, 그것은 삼국시대 당시 토착세력의 존재를 확인시켜주는 중요한 단서가 되지 않을까 싶습니다만.”

“『삼국유사』에 나오는 「헌화가」와 「해가사」의 인물인 수로부인과도 밀접한 관계가 있는 듯합니다.”

“수로부인은 대단한 미인으로 가야의 시조 김수로왕의 부인이라고 알고 있습니다. 그런데 수로부인이 신라의 향가 「헌화가」와 고대가요 「해가사」에 등장하는 걸 보면 이곳 강릉은 신라와 가야국하고도 밀접한 곳이라고 볼 수 있습니다. 석관묘에서 금동제 호접형 관모장식과 은제 허리띠 장식이 나왔다는 사실은 수로부인이 강릉태수를 따라 이곳 강릉에서 지냈다는 이야기가 역사적 사실로 드러난 것으로 보입니다.”

“그렇담, 저는 이번에 발굴된 유물은 강릉토착세력의 중요한 단서가 되지 않을까 싶습니다.”

“앞에서 동료들이 말한 것을 미루어보더라고 고고학은 힘들지만 발굴작업을 통해 옛 무덤은 우리와 같은 사람이라는 소중한 깨달음을 얻게 됩니다.”

“좋은 이야기들을 말씀해주셨습니다. 이곳 강릉은 신라의 화랑이며 왕족인 무월랑과 강릉의 호족인 박연화와의 사랑 이야기로도 널리 알려진 바 있습니다. 미진한 부분은 학교 도서관에 가서 고전문헌들을 찾아보기를 또한 권합니다.”

사실 강릉대박물관은 영동지방에서 출토된 선사유물의 최대 소장 박물관으로 알려지고 있다.

“누구를 위하여 종은 울리는가?”

고고학은 어린아이들이 소풍 가서 하는 보물찾기가 아니라 유물을 통해 그 시대의 사람을 찾아내는 것이다. 그 사람은 우리와 같은 사람이었다는 소중한 깨달음을 그래서 고고학은 인간이란 무엇인가?라는 강한 물음을 제시한다.

이곳 강릉은 다영아버지의 혈흔이 동요하는 곳이기도 하다.

젊은 시절 서라벌에서 고분 발굴작업을 돕다가 이곳 고향 강릉대학박물관에서 자신을 찾는다는 소식을 접하고 한달음에 자리를 옮겨왔다. 강릉과 서라벌, 그리고 가야국 까지 동해안 일대 유적지를 돌다보니 많은 시간이 흘렀다. 어린 다영이가 자라서 대학원생이 되고 다 큰 숙녀가 되어 마음 한 켠에는 대견했었다. 그러다가 이번 코로나19 사태로 까마득한 시간 속에서 늘 바쁜 일상에 매료되어 가정을 잘 돌보지 못했다는 뒤늦은 후회가 막급하다.

하루 일을 끝내고 해가 뉘엿뉘엿 넘어가는 성산면 보광리에 있는 '명주군왕릉'으로 발길을 옮긴다. 어쩌면 세상은 하나의 커다란 공인지도 모르겠다. 잘 짜여진 그물망으로 둥글게 시각화되어 있음을 느낄 때가 종종 있다. 이 능은 신라 29대 태종무열왕 김춘추의 6대손 김주원의 묘로서 신라 38대 왕위 계승문제에 이르러 화백회의에 참석하려 했으나 천지지변으로 인해 제 날짜에 도착하지 못하였다. 원성왕에게 사양하고 모친 연하부인의 고향인 북빈경(강릉) 명주로 이주 후 원성왕 5년에 왕은 김주원을 명주군왕에 봉하고 명주, 양양, 삼척, 울진, 평해를 식읍으로 줌으로써 명주군왕이 탄생하게 된 것이다.

명왕비각을 지나 홍살문으로 들어서면 명주군왕에게 예를 올리는 공간이 나온다. 예를 올리는 장소에는 숭열전, 청간사가 자리를 잡고 있고 마지막으로 기념탑을 지나 또 다른 홍살문으로 들어가면 능향전이 나오고 그 뒤를 돌아 명주군왕의 능에 도착하게 된다. 앞쪽의 풍경이 시원스레 다가오는 것이 명당 중 명당이라 올 때마다 감회가 새롭다. 비록 잘 알려지지는 않았지만 군왕의 넋을 위로하면서 술잔을 채운다. 그리고 비석 앞에 엎디어 큰절을 올린다.

"제 딸애가 식물인간으로 사경을 헤매고 있습니다. 부디 온기를 불어넣어주십시오."

간절한 기도가 솔가지를 적시고 어둑한 창공을 향해 무수한 화살로 쏟아진다. 수많은 화살촉은 그 어디쯤에 있는 과녁의 정중앙에 가서 꽂힐까마는 마음의 자석을 믿는 자들에게 복이 있을 것이다.

한편 19열차 중중환자실에 누워 있는 다영이가 해가 넘어가는 시간대로부터 조금씩 여린 듯 강하게 말초신경의 손가락 끝을 떨기 시작했다. 과연 그 수많은 화살기도가 우주 공간을 넘나들면서 기적을 만들어내기나 할까.

다영이의 육신 저변에서는 싱잉볼 소리가 천지를 진동한다.

'웅~ 웅~' 울림의 진동파는 사람과 자연, 그리고 모든 사물들의 균형을 맞추기 위해 사방으로 펴져나간다. 인체의 리듬이 소음의 공해나 스트레스로 균형을 잃은 자들을 향해서 빠르게 전파된다. '웅~ 웅~' 에너지를 원래대로 되돌려주고 뇌파에서 마음이 안정되었을 때 나오는 알파파를 만들어주고 있다.

'내 엄마와 아빠는?'

'무대 위에서 춤과 노래를 부르고 있던 어린 날의 나를 바라보고는 눈물짓고 있었어. 지금은 내가 깨어나기를 한없이 기다리고 또 기다리고 있을 거야. 그리고 친구들도 생각하겠지? 만약 내가 살아 있다면, 자리를 털고 일어날 거라고! 꼭 믿고 있을 거야. 그들은 나를 믿고 나를 바라보고 있으니까. 힘들어도 포기하는 일이 있어서는 절대로 안 돼!'

그들의 부름에 응답하고자 다영이는 지금 용을 쓰고 있다. 영양분은 튜브로 주입되었고 운동 부족으로 근육이 약해지지 않도록 꾸준한 물리치료를 병행하고 있다. 상태를 좋게 만드는 각종 약물을 투여받고 있었기에….

'깨어나지 않는다면 난 사람도 아냐? 사람도 아냐?'

갑작스런 울림의 소리가 극도의 용기가 다영이의 안에서 뭉게구름으로 피어오른다. 밤새 다영이의 차가운 온몸을 뚫고 갑자기 강릉의 도심을 가로지르며 모노레일 위로 '산타열차'와 '바다열차1, 2, 3'이 시공을 넘나들고 있다.

'산타열차'는 백두대간 협곡을 지나 대관령 양떼목장을 경유하며 용평 발왕산 마을을 향해 달리는 열차다. 추울 때 더욱 매력적인 산타클로스마을이 그곳에는 있기 때문이다. 책들을 소장하고 있는 산타도서관과 아이들의 크리스마스카드에 답장을 보내는 빨간 우체통이 있는 산타우체국이 다영이의 순수한 마음을 흔든다. 산타우체국 벽난로 옆에는 길고 흰 수염을 쓰다듬고 있는 산타크로스와 그녀는 이야기를 나눈다. 동화처럼 순수한 동심의 세계로 이끄는 눈과 얼음의 축제마을에서 지난 날 붉은 코 사슴들이 눈썰매를 끄는 마차를 타고 달리던 기분은 상상을 초월했다. 깊은 밤 야간 스키장이 밝혀 놓은 불빛들을 벗 삼아 설산을 타던 짜릿한 스키의 스릴감을 또한 잊을 수가 없다. 겨울을 온몸으로 즐기던 추억이 그녀에게는 수없이 많았다.

자라면서 많은 모험을 즐기고 큰 세계를 맛볼 기회가 있었다. 넓은 세상을 만져본다는 것은 큰 가슴을 지닐 수 있다는 이야기가 되니까. 포기한 기억은 없다. 부모님께서 그녀를 바라보는 시선은 항상 뜨거웠고 엄격했다.

그런가 하면 '바다열차 1'은 해송이 우거진 해파랑 길을 정동진역 36구간에서부터 남항진, 안목, 송정, 경포, 사천, 영진, 주문진 해변 40구간까지를 지난다. '바다열차 2'는 대관령 옛길 등산로와 강릉 바우길의 트레킹 코스를 경유한다. 이율곡 선생님께서 태어나신 오죽헌에서는 '바다열차 3'이 출발한다. 여름 한철 붉은 배롱나무가 손짓을 하고 눈 내리는 날이면 검은 대나무 숲길에서는 거센 대관령 바람이 대숲으로 불어와 고요함을 깨우고 눈발이 흩날리고 끝내는 대나무 통이 쪼개지는 소리가 엄청난 경외감으로 다가왔었다.

산다는 것은 이처럼 대단한 일들이었다.

"깨어나라. 깨어나라."

장대비가 내리는 날에는 좁은 골목길을 돌아 초당 허엽마을로 접어들던 추억이 새록새록 피어난다. 그곳에서는 깨끗한 동해 바닷물로 간수를 사용하여 만든 초당두부의 맛이 일품이다. 초당에는 6·25 사변을 겪은 소나무들이 줄줄이 우짖고도 있었다. 기쁨과 슬픔이 연결고리가 되어 아는 만큼 보인다고 한글 고전소설 『홍길동전』을 쓴 허균과 조선의 천재 여류시인 그의 누이 허난설헌 생가 뜨락에서는 꽃다운 나이 27세에 삶을 마감한 여인의 가슴 뭉클하고도 안타까운 「곡자哭子」라는 시가 따라다녔다.

지난해엔 아끼던 딸을 여의고, 올해에도 사랑하던 아들을 잃어
슬프고도 슬프구나! 광릉 땅에는 두 무덤이 나란히 마주 솟았네.
휙휙 쉬익 백양 숲엔 바람이 불고 도깨비불 묘 곁 나무 밝혀대는데
지전 살라 너의 넋을 불러대면서 네 봉분에 맑은 물로 제사지내니.
응당 안다. 너의 형제 넋들이나마 밤마다 서로 따라 놀리라는 걸.
뱃속에는 아기가 비록 있다만 어떻게 잘 크기를 바랄 수 있나?
자식 죽인 노래(황대사)만을 덧없이 읊어 눈물로 슬퍼하며 소릴 삼키네.

허엽의 아들 교산 허균은 변혁의 시대와의 갈등이라는 경계선을 넘나들며 고뇌하던 정치인이었다. 그의 천재성과 삶의 진실이 교수형을 당하면서 겪는 참변이 참으로 안타까움으로 다가왔었다.

여고시절 문예반으로 활동하면서 가슴 아린 시간들이 많았다. 초당에서는 더욱 세찬 빗줄기가 거칠어지고 있었다. 난데없이 빗물에

흠뻑 젖어 온몸이 물바다가 되는 날이었으니까.

“깨어나라. 깨어나라.”

허난설헌 생가 솟을대문 밖에서 다영이는 장대비를 맞고 있었다. 강한 빗줄기 속에선 어린 허초희(난설헌)의 모습이 비췄다가 사라지기를 거듭한다. 기와 담장을 이기고 선 황톳빛 돌담에서는 조선 봉건시대의 남존여비 사상, 그 삶속에서도 결코 내면세계를 잃지 않고 불굴의 의지로 규방문학의 맥을 짚어간 가슴이 뜨거운 여인을 그리워했었다. 허난설헌 생가 방앗간 디딜방아가 있는 뜨락에서 내다보이는 경포호수와 경포바다, 그 넘치는 물결 속에선 작은 아씨를 반기는 길손만이 장대비 속에서 돌아가리니.

그녀와의 영적 교합으로 밤새껏 뒤척이다보니 다음날 아침이 밝았다.

그때 19열차 차창으로 부용꽃 스물아홉 송이가 붉게 떨어지고 있는 것을 목도했다. 다영이의 손가락은 격렬하게 뜨겁게 떨고 있었다. 그 놀람을 가장 먼저 본 이는 누더기를 걸친 이집트 파라오 ‘람세스 노인’이었고 ‘빅토르 위고 위령’이었다. 그 다음이 담당 간호사였다.

노인과 위령은 처음으로 그 급박한 상황 속에서 서로 마주보며 미소를 짓고 있었다. 전신을 감싸는 레벨D 방호복을 입은 의사와 간호사들이 그녀의 소식을 듣고 모여들었다. 기적이 일어날 것만 같은 긴박한 순간순간이 다가오고 있었다. 그녀는 비로소 뭇사람들의 사랑의 부름에 응하고자 무서운 용기로 에너지가 폭발하는 지점에 이르러 드디어 깨어났다.

"엄~마!"

다영어머니의 기도는 이루어졌다.

—나는 늘 그 순간을 꿈꿨다. 딸이 깊은 잠에서 깨어나 나의 이름을 불렀다는 이야기를 전해듣고는 기쁨으로 날아갈 것만 같았다. 내 딸이 처음 말한 단어가 바로 내 이름이라니….

다영이가 꿈결인 듯 눈알을 굴리며 주변을 둘러본다. 그녀를 주의깊게 바라보고 있던 주치의와 순간 눈이 마주친다.

밤하늘 별무리가 이렇듯 아름다울까?

다영이의 눈에는 눈물 한 방울이 떨어지며 어떨결에 반짝인다. 주치의 최한수가 그녀를 격하게 반긴다. 기쁨의 눈물이 그렁그렁 앞을 가리는 것을 그는 눈치채지 못하고 있다. 병실 밖으로 나가는 동료의사들이 그의 등을 가볍게 두드려준다. 천사 미카엘의 미소가 깊은 울림으로 의료진들의 내면을 적셨기 때문일 것이다.

그때 역 구내 스피커로 안내방송이 나왔다.

"잠시 후 마지막 종착역 강릉에 도착할 예정입니다. 탑승자 여러분께서는 내릴 준비를 해주시기 바랍니다."

갑자기 여명 속으로 동해의 붉은 태양이 노란 껍질을 깨고 쏟아진다. 저 쏟아지는 빛줄기가 가르치는 강릉 가는 길은 해발 2,000m가 넘는 대관령 아흔아홉 굽이 산속 마을까지 열차가 구석구석 달린다. 그곳 높은 초록 들판에는 바람을 이기고 선 야생화가 한 가득 피어 있다. 노랑, 보라, 붉은 빛깔의 꽃들이 옅은 안개 속에서 속살거린다.

초록빛 작고 여리디여린 잎사귀들이 다영이를 향해 어서 오라고 손짓한다. 열차는 수도 없이 많은 터널을 지나고 깊은 계곡을 거슬러 오르내린다. 우리나라를 하나로 연결해주고 매력이 넘치는 강원도 곳곳을 파노라마처럼 보여준다. 드라마틱한 자연 풍광을 열차에 탄 자유영혼의 확진자들을 위로한다.

연곡에는 세련되고 정교한 건축물들이 줄줄이 좁은 골목길을 따라 서 있다. 동화 속 마을 오래된 곳이 주는 아늑함과 편안함이 그곳에는 있다.

이층집 작은 유리창, 다영이의 방에는 앙증맞게도 하얀 레이스로 수놓은 커튼이 있다. 다홍색 등불이 여리게 빛을 발하고 정갈한 식사가 아래층에 준비되어 있다.

희망적이다.

언제쯤 닿을 수 있을까?

'강릉역'이라는 안내 표시판이 보이기 시작한다.

"자유영혼의 확진자 여러분과 자가격리 중인 지구별 여행자들, 기도하는 순례자들과 의료진 여러분께서는 장시간 동안 수고가 많으

셨습니다. 밖에는 여러분을 사랑하는 친지들이 기다리고 있습니다. 많이들 기뻐하십시오."

주변 역사에는 그 옛날 증기기관차들이 줄줄이 서 있다.

역 구내는 검은 사각모자를 쓴 역사를 점검하는 역무원들이 오고 가고 사람들은 활동사진처럼 느리게 움직였다. 고압의 증기가 빠져나가면서 주변의 증기기관차들이 기적소리를 토해냈다. 그 옛날 추억의 증기기관차 속을 헤치고 빨간 색의 고속 통유리 19열차가 플랫폼에 소리 없이 정차했다.

객실로 통하는 좁다란 공간이 스르르 열리면서 마지막 안내방송이 나왔다.

"여러분은 코로나19 완치자입니다."

누구라 할 것 없이 눈물이 그렁그렁 완치자들의 뺨들을 적셨다. 깊은 수렁 속을 빠져나와 자리를 털고 저마다 일어나자 역 출구가 열렸다.

강릉역 광장에는 벤치 두 개가 놓여 있다.

그때 어디선가 흙먼지를 일으키며 전차가 전속력으로 거침없이 달려오는 게 보인다. 전차를 끄는 젊고 혈기에 넘치는 두 마리의 말 머리에는 끝부분이 푸르고 붉은 깃털장식이 씌워 있다. 등에는 빨강, 파랑, 초록의 화사한 면포가 둘러져 있다.

강릉역 광장 벤치에 앉아 있던 노인이 전차에 오르자 군장으로 무장한 보초병들이 이집트 시대『사자의 서』를 머리 위로 받쳐들고 퇴장한다.

그와 동시에 하늘에 떠 있던 '태양의 돛단배'가 은하수를 따라 쏜살같이 지상으로 내려 '빅토르 위고 위령'을 태우고 하늘 높이 올라갔다.

어느새 레벨D 방호복을 벗고 평복으로 갈아입은 간호사 미영이가 다영이를 휠체어에 몸을 옮기고는 밀고나왔다. 의사 최한수가 어렴풋이 다영이의 눈에 들어왔다. 꿈인지 생시인지 모를 어린 시절 추억을 더듬는다. 순간 의료진들의 숭고한 사랑이 친구의 오랜 우정이 거룩한 탑신으로 다가왔다. 성지를 순례하듯 두 손을 모아 다영이는 진심어린 인사를 나눈다.

"나마스테!"

그녀의 영혼이 친구들의 영혼과 함께 있었던 것에 감사를 드린다는 인도 말로 전했다. 그러다가 사랑하는 부모님, 친지들을 한꺼번에 만나자 순간 감동이 일었다. 그녀의 작은 손가방이 어깨에서 스르르 손으로 미끄러지면서 맥없이 땅바닥에 떨어졌다.

"다영아! 왜 그런지 알아? 오래 동안 갇혀 있던 내내 두뇌활동은 수축되고 체내 혈액순환도 평소처럼 원활하지 않기 때문이야."

이번에는 최한수가 그녀의 휠체어를 가볍게 밀어준다. 혼수상태로 오랜 시간을 지낸 사람이 갑자기 의식을 회복한 사례는 다영이가 처음은 아니다. 하지만 혼수상태에 빠진 사람이 회복될 가능성을 예측하기란 불가능하다. 다영이의 경우는 매우 희귀한 사례가 되었다.

그녀의 영혼은 구혼의 손길로 느꼈고 그 속으로 빨려들어가 달콤한 것들을 맛보았다.

사람은 '사랑의 떨림'을 우주 공간에 남겨놓았기에….

코로나19 희생자들, 그 가족에게 바친다

'서울은 계획된 도시로….

해가 뜨는 동쪽 인왕산 흰 바람벽에 묵향으로 그려놓은 산수화 한 점이 있다. 뒤로는 일제강점기 때 독립운동가들이 옥고를 치른 서대문형무소가….

이렇게 어렵사리 펜을 들고 시작한 내 나이 어연 일흔 살, 고희古稀다. 희비애락 속의 세월에서 단편소설을 여러 편 발표했지만, 장편으로는 탄광촌 이야기를 담은『거무내미』(검은 물이 흐르는 골짜기)가 그 처음이었고, 이번『19열차』가 두 번째다. 인간들의 삶 속에 우연인지, 필연인지 갈림길에서 뜻하지 않은 병마로 아픔을 겪는 이들을 격려하고 위로하면서, 시대성을 고려한 작품을 내고자 또 한번의 용기를 내어보았다.

그간 나름 살피면서 함께했던 많은 주위 분들과의 그득 담겨진 정겨움도 많았는데, 언젠가는 혼자의 길을 택해야 하는 운명이 아닌 숙

명의 시간이 다가오고 있는 지금, 그래서인지 괜스레 삶과 죽음에 대한 뇌리 속의 스침은 거역할 수 없는 작가정신으로 다가왔다.

지금은 지구촌 모두가 '코로나19 팬데믹' 시대로 아파하고 있다.

불안과 초조의 틈새에 끼어 마음이 더할 길 없고, 주위가 괴롭고 겁이 난다. 눈에 보이지 않는 적敵이 더 무섭다는 말이 있다. 바로 중국 우한서 시작한 코로나바이러스 폐렴이 전 세계로 확산되면서 지구상 대부분 나라들이 공황상태에 놓여 있다. 그것은 보이지 않는 적敵, 코로나19(COVID-19 : WHO 명명) 때문이다.

이 지구상에는 지난 많은 날들 속에 살상력을 과시하며, 전 세계를 덮친 감염병이 심심찮게 찾아와 인류를 불안의 독 안에 가두고 있었다. 시대적으로 보면 1918년 스페인독감, 1968년 홍콩독감, 2003년 중증급성호흡기 증후군인 사스SARS, 2009년 신종 인플루엔자, 중동호흡기 증후군인 메르스MERS 등이 대표적이고, 요즈음은 2019년 바이러스가 발견되면서, 지금까지 1년여 넘게 종식의 기미는 먼발치고, 확진상황은 고무줄 같다.

이러한 분위기 속에서 사람이 사람을 만나는 것을 두려워하는 때다. 있어서는 아니 될 사회적 거리두리로, 가족끼리의 만남도 숫자로 제한하고, 지키지 않으면 조치를 당하는 현실이다. 그런가 하면 잘 이해도 안 되는 신종 유행어가 생겨나고 있다. 이러한 나라 안팎의 분위기 속에서 코로나19 희생자들, 그 가족들에게 바치는 연서戀書를 준비하고 싶었다.

가상열차인 『19열차』를 등장시켜, 우리나라 전 지역에 걸친 음압병동을 하나로 묶어 커다란 '코로나19 감염종합병실'을 열차의 량輛에 첨작하여, 우리나라의 선망지역마다 소설이란 장르의 특이한 의미를 살리면서 『19열차』가 머무는 현존 역 및 가상 역을 두어 현실상황에서 벌어지는 모습 자체를 재조명해 보았다.

그리고 구성 내용은 총 10장章을, 10개의 역驛으로 나누고, 각 장마다 역사 주변의 구전설화와 역사적 사실을 넣고, 지역 특성을 감지하면서 그 속에 얽혀진 숱한 의미를 주어 독자들의 생각의 폭을 넓혀보았고, 구성 내용을 요약한 이미지나 주제어를 주어 쉽사리 인지토록 노력했다.

그래서 멀어지고 잊혀간 우리 대한민국의 진솔한 이야기를 되살려 슬픔과 아픔의 어려움 속에서도 희망의 끈을 놓치지 않으려 했다. 또한 10개의 역을 거치며, 등장인물들의 다양한 직업들을 소재로 삼아 그들만의 특징적 삶의 가축전과 가족들의 남다른 사랑, 그 중에 특히 모성애에 대한 재음미와 의료진들의 헌신적인 보살핌, 그리고 우리 인간들의 고뇌와 죽음을 겸허히 받아들이는 아가페 사랑을 부여해보았다. 특히 식물인간으로 주인공의 투병과 생명력, 그리고 가족애로 완치단계에 이르는 과정도 리얼리스틱Realistic하게 다루었다.

그러나 이 모두가 일흔을 살아온 나 혼자만의 욕망인 듯싶어 부끄러워 고개가 절로 숙여진다. 한여름, 우리를 힘들게 하는 뙤약볕에도 풍요로운 가을을 위하여 불평보다는 감사로 나아가는 생각들이 있다. 힘들고 어려움을 이기고 의료연구로 치명률을 낮추는 백신이 개발되었다. 중증으로 가는 비율을 떨어드린다니, 지구촌 모두에게 안도의 숨을 쉬게 하고 있다.

소설 『19열차』가 목적지에 도착하고, 모든 확진자들이 사랑이란 보이지 않은 떨림으로 완치되어 새 삶이 주어지듯, 이 땅에 '평온만이 깃드는 날'을 기다려본다.

2021년 개천절 아침에

홍숙희

홍숙희 장편소설
19열차

지은이_ 홍숙희
펴낸이_ 조현석
펴낸곳_ 북인
디자인_ 푸른영토

1판 1쇄_ 2021년 12월 10일
출판등록번호_ 313 - 2004 - 000111
주소_ 121 - 842 서울 마포구 서교동 467 - 4, 301호
전화_ 02 - 323 - 7767
팩스_ 02 - 323 - 7845

ISBN 979 - 11 - 6512 - 040 - 5 03810

이 책은 재단법인 강릉문화재단 GANGNEUNG CULTURE & ARTS FOUNDATION 후원으로 발간되었습니다.